马莲花开

李桥江◎著

新疆美术摄影出版社
新疆电子音像出版社

图书在版编目(CIP)数据

马莲花开 / 李桥江著. -- 乌鲁木齐：新疆美术摄影出版社：新疆电子音像出版社, 2012.10
（边地人文地理报告）
ISBN 978-7-5469-2211-9

Ⅰ.①马… Ⅱ.①李… Ⅲ.①游记-作品集-中国-当代 Ⅳ.①I267.4

中国版本图书馆 CIP 数据核字(2012)第248717 号

马莲花开

作　　者	李桥江	
责任编辑	高雪梅	
制　　作	乌鲁木齐标杆集印务有限公司	
出版发行	新疆美术摄影出版社	
	新疆电子音像出版社	
地　　址	乌鲁木齐市经济技术开发区科技园路7号	
邮　　编	830011	
印　　刷	北京华宇信诺印刷有限公司	
开　　本	787 mm×1 092 mm　　1/16	
印　　张	11	
字　　数	89 千字	
版　　次	2013 年 1 月第 1 版	
印　　次	2013 年 1 月第 1 次印刷	
书　　号	ISBN 978-7-5469-2211-9	
定　　价	22.00 元	

本社出版物均在淘宝网店：新疆旅游书店(http://xjdzyx.taobao.com)有售，欢迎广大读者通过网上书店购买。

目　录

1

马莲花开

新疆有若干以马莲为名的地方，如新疆和甘肃交界的马莲井，因为这里生长着许多马莲而得名。6月初，记者在拜城县铁热克镇采访。在沟谷之间，遍野盛开的马莲花，美艳无比，令人赏心悦目，记者就此进行了一番探究。

铁热克镇干部曹钰声告诉记者，铁热克镇政府所在区域的马莲虽然不在少数，不过，这里的马莲与镇政府东北面山谷内的马莲相比逊色多了。于是，在曹钰声的指引下，我们一路颠簸，驱车近10千米，进入了一个开阔的山谷。面对成片绽放的淡蓝色的马莲花，记者脱口喊出了"马莲谷"三个字。

马莲属鸢尾科植物，在新疆也称马兰或马莲。鸢尾科植物因其花型酷似猛禽鸢的尾翼而得名。野生鸢尾，经过人工栽培，就是世界名花鸢尾花。北疆山区草原地带分布着许多鸢尾，马莲则不多。记者对鸢尾比较熟悉，从枝叶上来看，马莲枝叶细长，花冠也相对小于鸢尾，但是，马莲淡蓝色的花枝以其另类之色，补偿了它花冠较小的缺陷。

铁热克镇马莲花美艳无比的原因与当地的大环境形成的反差有关系。铁热克镇是拜城县煤炭资源最丰富的区域，造物主非常公平，它赋予了当地富足的地下资源，在地表则留下了沟壑纵横荒凉贫瘠的荒山秃岭。试想在荒凉的山间台地，蓦然与成片马莲花相遇，鼻息间游走着马莲花的芬芳，鲜花与荒山形成的巨大反差，怎不叫人心动？

曹钰声说，当地海拔在1800米以上，马莲花期从5月中旬一直延续到6月中旬，这期间，拜城等地的游人常常结伴前来赏花，初夏的铁热克镇，尤其是"马莲谷"的马莲花可谓出尽了风头。

马莲不仅花色美艳，植株繁茂，同时，还是一种优良的牧草资源，营养成分丰富，为各类牲畜尤其是绵羊喜食。铁热克镇的牲畜春夏之际，主要草料就是马莲。

我查阅了一些资料发现，国内在若干年前即开始了人工栽培马莲。马莲属于多年生草本植物，根系发达，对环境适应性强，长势旺盛，管理粗放。人们利用马莲的这种生长特性，对马莲进行人工栽培，达到了一次栽培多年利用的目的。人工栽培马莲一般不用浇水即可正常生长、开花、结果实,且产草量高。资料显示,人工栽培马莲亩产干草达781.9千克,种子18.25千克。

马莲的花、种子、根还可入药。马莲花晒干服用可利尿通便,种子和根除温热、解毒。据说,马莲还是一种纤维植物,可以代替麻生产纸、绳,马莲庞大的根系则可以直接制作刷子。

铁热克镇区域地表盐碱严重,马莲能够在白花花的盐碱滩茁壮生长,表明马莲是一种耐重盐碱的植物。事实也正如此,在新疆以及西北地区马莲不愧为难得的盐碱地绿化和改良的好材料,马莲直立生长的叶片则可有效地减少水分蒸发,缓解雨水对地表的直接冲刷,对贮水保土、调节空气湿度、净化环境作用明显。

罗列马莲的优劣,我们不难发现,马莲在节水、抗旱、抗寒、耐盐碱、耐贫瘠、抗杂草、抗病虫害等方面均有不俗表现,难怪越是荒凉之地,马莲越茂盛。新疆人钟爱马莲,看中的大概正是马莲傲视荒漠,无所畏惧的"精神"。

阿尔泰山中的温泉

提到阿勒泰山脉，人们常常会联想到大雪和寒冷。外界人可能不会知道，在这个气候寒冷的大山之中，还藏着一些被当地牧民视为神泉的温泉。

初夏时节，我来到富蕴县可可托海镇，随后进入赫赫有名的额尔齐斯河大峡谷，向着隐藏在峡谷深处的温泉走去。山外阳光灿烂，山谷阳坡处也已经山花烂漫，山阴部位的森林中却依然是冰雪世界。阿勒泰山脉果然独有特色。

我们的小车进入峡谷20多千米，在接近温泉的牧道上，我们遇到了转场的羊群。羊群拥塞了狭窄的山谷中唯一的通道，我心里免不了有些焦急，陪同我采访的富蕴县宣传部副部长任新意却非常有耐心。羊群中一头瘦骨嶙峋黄牛引起我的注意。黄牛可能病了，也可能是过于疲惫，也许是刚刚过去的阿勒泰冬季的严寒，还潜藏在它骨头缝里的缘故，它显然一步也不走不动了。果然黄牛停了下来。

骑在马背上的牧民，挥舞着鞭子呵斥黄牛，黄牛迟疑了片刻走到了路边。我们抵达温泉，泡在温暖的温泉水里，我才突然意识到，那头黄牛并没有毛病，它需要的只是休息和尽快补充能量。转场的畜群经历了漫长冬季的消耗，体能几乎到了生命极限，转到春秋牧场，体力还没有完全恢复，它们便要踏上转往夏牧场的路途。对于那头黄牛来说已经非常幸运，它没有倒在春季转场的途中。

据说，畜群要在峡谷内行走10天，才能抵达天堂般的夏牧场。温泉则是峡谷中一个重要的临时放牧点，从温泉继续向东北前行，东沟进入高山峡谷区域，路途也变得越来越艰险。途径温泉的牧民，在年复一年的转场过程中，逐渐发现滚烫的温泉水能够治疗某些疾病。于是，许多游牧民来到温泉之后，便将年老体弱的老人留在温泉沐浴治病，等到8月末9月初返回时，再将老人们带出东沟，期间，进入夏牧场的青壮牧民只需要隔几天送下来一些食物即可。

没有到达温泉之前，我以为温泉只有一口，抵达目的地，我才意识到这里实际上是一个温泉群。泉周围的小树上，挂满了各种各样的白布条。布条显然寄托着祈求神灵保佑平安吉祥之意。聪明的商人则在温泉上建起一座座简易木屋。在整条峡谷当中，温泉所在区域相对比较宽阔。或许是地热的原因吧,这里的植被也异常茂盛。最有趣的是我们洗浴的温泉旁边,茂密的森林里竟然伸出一道巨大的冰舌。从冰舌的体积上来看,我估计至少要到6月底冰舌才能完全融化。

按照常识,温泉水一般都散发着一种类似煮鸡蛋的味道。然而,我们洗浴温泉却丝毫没有任何异味,泉水异常清澈,感觉泉水温度也不会超过40度。

一般而言,普通泉水是由高山雪水融化,然后,从岩石裂隙中渗出形成。温泉泉水带有鸡蛋味,说明泉水中含有硫磺以及硫化氢等物质,这样的泉水只能来自地层深处。然而,奇怪的是其他几口温泉也没有异味。朋友也没有闻到所谓的硫磺味。或许我们的嗅觉出了问题?

在一般人心目中,温泉,顾名思义,泉水肯定是热的。其实,这只是我们的一种感觉罢了。温泉的分类方式有许多种,常见的分类方法可以从化学组成、地质、物理性质、温度、来加以分类。依据物理性质根据温泉的温度、活动、形态等物理性质,可分为低温温泉、中温温泉、高温温泉、沸腾温泉四种。

阿勒泰山中的这些温泉大概属于中温温泉。

初夏前往芍药谷

巴尔鲁克山西南有一条长达数公里的小山谷，谷内遍布野生芍药，人称"芍药谷"。5月6日，芍药花刚刚绽放之际，记者来到芍药谷，在馥郁的花香之中，度过了一段美好时光。

芍药谷距离裕民县城20千米左右，离开裕民县城之前，陪同我采访的朋友还担心，今年春天来得迟，芍药谷的芍药可能没有绽放。我们的车拐进芍药谷，面对成片成片含苞待放的芍药花骨朵，朋友捎带遗憾地说："再过两天来就好了。"

我心里对赏花却充满信心。既然有花苞，山谷阳坡温度高的地方肯定有开花的芍药。果然，我们在进入芍药谷1千米之后，找到了几朵初放的芍药花。

站在高处，驻足观察良久，目光所及，满目皆为即将开放的芍药花骨朵，我猛然醒悟，在大面积芍药花将放未放之际赏花，感觉其实更美妙。这种感觉是一种复杂的期待和渴望。正所谓谁不希望生命之花在历经漫长的积蓄之后，与自然融为一体，迎来怒放的机会。

据介绍，从5月初，芍药谷向阳坡面的第一朵芍药花绽放，到5月末最后一些芍药花凋谢，长达二十多天的时间内，红色的芍药花成了山谷的绝对主角。特别是在5月中旬的盛花期，一簇簇带着油绿色的芍药枝叶，擎着鲜红色的芍药花束，芍药谷完全变成了一个盛大的芍药花盛会。

此时，前来芍药谷赏花，高处是红花，低处是红花，身边还是芍药艳丽的大红花。身在其中，耳畔充斥着蜜蜂采花蜜的嘤嗡，鼻息间流淌着芍药花特有的浓香，新绿与鲜红交织，花香与草鲜相融，你将会为大自然创造这一天然美景感动，甚至落泪。

古有"踏花归来马蹄香"之诗句，离开芍药谷数小时之内，你会发现自己的发间、衣物，包括肌肤之上依旧散发着幽幽芍药花香。当地因此有了这样一个小故事：某男赏花归来，妻闻丈夫身上有香气，误以为丈夫在外有艳遇，以至夫妻间怄气。好在丈夫采有一束芍药花，妻子嗅闻鲜花，花香与丈夫身体上的香味一致，误会终于得以消除。

来芍药谷不仅赏花，还有一种很实在的东西，让你终身难忘。芍药谷遍布野豌豆、椒蒿、野韭菜、薄荷、野芹菜等野菜。

我们来到芍药谷时，野芹菜和薄荷还小，野豌豆和椒蒿却正是好时候,芍药丛间,一颗颗野豌豆植株已经长到10厘米左右,嫩生生的豌豆尖,让人产生像牛羊一样立马啃食的冲动。椒蒿则呈丛状分布,植株高度也在10厘米左右。

朋友见此大喜过望,招呼我们采野菜。于是,掐野豌豆尖的,采椒蒿嫩枝的,剜蒲公英,拔野韭菜……不一会儿工夫,我们就采足了午餐所需要的野菜。

读者朋友可能会以为我们采野菜的行为未免唐突,破坏了芍药谷的天然之美。其实不然,就拿野豌豆来说,我们采了豌豆秧的顶部,过不了几天,野豌豆植株的下部将萌发许多新的生长点,进入6月,野豌豆花开之际,一棵野豌豆就能绽放更多蓝色花朵,结出更多的种子。在这个意义上而言,我们的行为反倒触发了野豌豆繁衍生息的本能,岂不是一件美事?当然,采野菜的行为也不能过了。这种情形就像过度放牧必将导致草原退化的道理一样。

裕民县委宣传部副部长李庆武介绍,目前,芍药谷已经成为该县山花节一个重要的景点,山花节的信使巴旦杏花接近尾声,芍药谷的芍药花开了。随后,整个巴尔鲁克山景区便进入烂漫的花海当中。

塔城耕地的故事

1921年，考古工作者在河南省渑池县仰韶村发现了粟和黍。仰韶文化出现在公元前5000年至公元前3000年，这表明在距近7000年左右，仰韶人已经开始与耕地打交道。5月初，在塔城市农业开发办公室人士的陪同下，我在塔城市田间地头了解了一些农业开发与改造低产田的故事。

农业开发

在很长时间里，提到农业开发，人们便联想到开发新的耕地。其实，许多年前，在农业专业技术人员当中，农业开发的内涵就已经发生了根本性转变，也就是说开发新的耕地，已经被改造种植环境和土地，提高单位产量取代。

塔城市素有新疆粮仓之称，120多万亩耕地生产的粮食和油料,除了满足当地社会需求之外,还有相当一部分调配到全疆各地。然而,一个不容回避的问题是,这里的耕地绝大多数属于中低产田,种植模式则延续着广种薄收的传统。2004年,塔城市小麦平均亩产只有300千克左右。

塔城市耕地种类主要有潮土、棕钙土、栗钙土三类,栗钙土分布于山区,土质舒松肥沃,为优质耕地,遗憾的是,这类耕地在塔城市面积很少。潮土,也就是人们常说的"下潮地",这类耕地面积同样不多,盐碱较大。棕钙土是塔城市主要耕地土类,属于典型的贫瘠耕地。棕钙土包括砾石土壤、沙壤等。一般而言,棕钙土多用于林地或草料地使用,塔城市以棕钙土作为主要耕地,是自然环境的因素。

塔城市对提高粮食产量的追求从来没有停止。土地面积有限,人口数量却越来越多,解决矛盾的唯一办法就是提高粮食的单产。塔城市粮食生产也经历了一个由单纯的以开发新耕地,达到满足粮食需求,逐步过渡到追求精耕细作的过程。尤其是进入2000年以后,随着我国财力的增加,农业科学技术的不断提高和应用,国家加大了对农业生产的投入,塔城市开始借助国家低产田改造项目资金,在贫瘠的棕钙土上做起大文章。

资料显示,国家低产田改造项目包括农业措施、水利措施、林业措施、科技推广四项内容,一个项目一万亩耕地,由国家和地方出资,受益乡村出工的方式进行。2009年,项目资金为604万元。

灌溉系统

有耕地和良种并不代表就有了粮食,生活在新石器时代的仰韶人似乎已经懂得了这个道理,古老的郑国渠和都江堰则充分展示了一个成熟的农耕文明成果。

塔城市农业灌溉用水,主要依靠北部塔尔巴哈山雪水以及井灌,水土矛盾历来是制约农业生产的突出问题之一。

塔城市阿西乡上一棵树村农民陈江,一家四口,种植着190亩耕地,该村土地主要为砾石壤,2004年以前,小麦最高亩产量只有280千克,实施低产田改造之后,同样的耕地,亩产小麦轻易就超过了400千克。

陈江说,村里的土地没有改造之前,大田的灌溉系统完全是草渠,地块不齐,地表也不平整。种植者也想改造耕地,但是,没有资金什么也做不成。现在种植户播种的小麦,普遍是高产优质品种,这些品种对水肥的要求非常严格,任何一个环节,错过时间,就会直接影响产量。以春麦为例,小麦植株长到"两叶一心",一般情况下,首次灌溉至少在两天之内完毕,否则再好的品种也打折扣。陈江明白这个道理,但是,由于没有资金投入,草渠渗漏严重,水流缓慢,加上地块不齐,地表坑洼不平,村里的小麦头水全部浇灌完成,往往需要一周时间。陈江做过一个计算,延误三天,小麦就会减产5%左右。

低产田项目改造完成之后,防渗渠修到了地头,机耕道路也通了,大量农家肥施入耕地,以前让人头疼的石头地,现在变成高产田。

耕地获得了改良,种植户对土地的利用率也发生了变化。陈江的耕地与乡村公路相邻,耕地与公路沿线的林带之间有一条宽约5米,修公路取土之后留下的空地,过去,由于产量低,陈江根本没有想着利用这些土地,现在情况完全变了,村里低产田改造之后的第二年春天,陈江便找来推土机,将这些空地变成了耕地。

防风林带

1998年秋天,塔城市也木勒乡曾经发生即将收获的油葵,被一场大风损毁90%以上产量的惨剧。令人纳闷的是,毗邻的一个农场,同样遭遇了这场狂风的蹂躏,但是,该农场的损失却很小,风灾过后,人们很快找到了其中的原因——防风林发挥了作用。

塔城市近一半耕地位于闻名世界的风口风线区域,春秋季节,由于气候变化不定,常常形成大风天气。防风林不仅能够有效抵御风灾带来的危害,还能够营造小气候,减轻寒流或干热风对农作物的影响,甚至避免风害的发生。

　　数年前,我曾经采访老风口防风林工程,塔城地区林业局副局长刘仕光说:随着生态林的成林,老风口的环境变化太明显了。以前在老风口过夜,由于气候干燥,早晨醒来,鼻子里面干的出血,现在则完全变了。据相关部门连续测算的数据显示,林区内的风速较旷野低40%左右,空气相对湿度提高了30%左右。每年8000万立方米积雪融化,形成的3800万立方米的水渗入地下,不仅补充了林区内的地下水,林区周边的荒原也受益匪浅,从前的荒漠,近年来已经披上了茸茸的绿色。另一个可喜的变化是,老风口的植被种类也多样起来,多种多样植被种类,对改良和保持老风口水土又起了明显的作用。

　　老风口环境监测站记录的几个数据更令人欣慰。随着环境的变化,老风口生态区内土壤有机质含量增加了16%,土层出现明显增厚的趋势,曾经单一的旱生植被,逐步过渡为多样的中生、湿生植被。如今,老风口这个曾经的万古荒原,在十几万亩防风林的庇护之下,早已经变成了塔城盆地的农业制种基地。

有专家预言,随着全球气候的变化,各种灾害性气候过程相应也会增加,条田林网化必将在未来担负起更多的粮食安全的担子。

没有结尾

塔城市农业开发办公室主任刘中原说,耕地是古老的新鲜事物。耕地也有生命。人类对粮食的需求,注定了人与耕地之间的故事将一直进行下去,改造低产田,保护珍贵的耕地资源,就是为粮食作物生长提供最佳的环境,让土地为我们提供更多粮食。

塔城市农业技术推广中心专家董庆国告诉我,现代农业开发,涵盖的内容非常广泛。如今人类对耕地的认识,已经从宏观进入微观世界。近年来,该中心配合国家中低产田改造项目,累积对70多万亩耕地进行了测土配方施肥,目的就是指导种植户科学施肥,优化土壤结构,在有限的耕地上生产更多粮食。

2008年,国家农业综合开发办公室的主要领导,检查验收塔城市国家中低产田改造项目实施情况,肯定了塔城市的工作。塔城市成为新疆利用国家中低产田改造项目资金的示范。

塔城市恰夏乡一位农民告诉我这样一件事:以前,一口井只能灌溉300亩耕地,通过低产田改造项目,大田修建了防渗渠,现在,一口井可以灌溉1000多亩耕地。这位农民希望他所在的恰夏乡能够有更多的耕地,搭上国家低产田改造项目这趟快车。

　　陈江说,以前,大多数农民种地,往往依靠经验,以为种地是最简单的工作,只要有力气,运气好,收获就不成问题。现在许多种植者已经像陈江一样,开始研究耕地,研究作物的长势。表面看来非常简单的耕地,在微观世界却极其复杂。这种情况就如同许多人可以用面粉制作出各种面食,却不了解小麦的具体生产过程一样。陈江有信心依靠科技,在未来几年,将他的小麦亩产提高到500千克。

　　据介绍,看得见的收益,让塔城市广大种植者对国家低产田改造项目充满了期盼,塔城市六乡一场,出现了抢项目的局面。当然,随着生产力的不断提高,国家低产田改造项目的内容也在发生着变化。如最早人们主要是改造毛渠,平整土地等,如今则增加了滴灌等新项目。总之,我们的目的只有一个:合理利用我们的星球赐予我们的每一寸耕地。

蓝色的"爱情草原"

2011年盛夏，裕民"山花杯"环球时尚超级模特大赛新疆区总决赛在阿克乔克夏牧场拉开帷幕。伴随着震耳欲聋的音乐，观众们把目光投向靓丽的模特，而我迷上了这儿的花草。

爱情之谜

阿克乔克是巴尔鲁克山夏牧场之一，当地年轻人也称"爱情草原"。据说，去年通往阿克乔克草原的牧道贯通之后，车辆才能顺利进入，因此，这里基本保持着原生态。

既然是原生态草原，花花草草肯定美不胜收。前往爱情草原途中，我了解了这样一些情况。阿克乔克草原降水丰沛、气候凉爽，牧草营养价值高，适宜各种牲畜放牧抓膘。

1950年以前，阿克乔克是贵族夏季驻牧地，穷人只有羡慕的份儿。现在情况不同了，以乡为单位划分的阿克乔克草原，每年夏天有300多户牧民共享这份大自然的恩赐。一个家庭拥有400~500头（只）牲畜，甚至更多，在这儿是很平常的事情。

至于"爱情草原"之称的由来，似乎无人说得清楚。裕民县宣传部干部马金玉思考了片刻说，夏天常有姑娘、小伙子结伴，骑摩托或山地车进入阿克乔克游玩，并且有男女在爱情草原相恋，最终走进了婚姻殿堂。

我以为找到了"爱情草原"名称的根源。地名是个非常有意思的文化符号。每个地名背后都与时代或事件等有关联。比如北疆牧区常见的阿克布拉克、冬古列克、快活林、姑娘坟、车排子等等，它们要么以地方标志为名，要么以事件或时代流行用语称谓，时间长了，随顺世俗，无名之地便有了名，有名之地也可能因此有了新的内容。

爱情草原！令人怦然心动、心驰神往之地。我们的车驶过一座很高的达阪。镶嵌在群山之间的阿克乔克草原闯进了我的视野。

阳光亮晶晶地洒满阿克乔克草原。草原东南面，白雪皑皑的巴尔鲁克山主脉，将天空衬托成深邃而神秘的蓝色。俯瞰阿克乔克草原，草原上似乎具有某种蓝的意蕴。我长舒了口气,清理心中的忧囔纷争。一种高远、纯净,清凌凌地震颤着我的心腹。

蓝色海洋

汽车一路盘旋而下,蓝色的阿克乔克草原越来越明显。草原应该是绿色,阿克乔克草原怎么了?莫非我的眼睛出了问题。浅浅的蓝,浓浓的蓝,漂浮在草地上的一层蓝。花组成的蓝! 勿忘我! 勿忘我统治的蓝色草原。

"勿忘我?你确定?"一位同伴吃惊地望着窗外的蓝色花海问。

"是!"我答道。

勿忘我为紫草属植物,其名称有草原勿忘我,高山勿忘我等。勿忘我是西来语的意译,其名称出自一段刻骨铭心的爱情故事。

传说一位德国骑士与恋人漫步在多瑙河畔。姑娘见河畔绽放着蓝色花朵的小花,心生爱意。骑士探身摘花,不料失足掉入急流。落水骑士奋力将蓝色花朵扔向恋人,只说了一句"勿忘我",便消失在激流之中。骑士的恋人日夜将蓝色小花配戴在发际,表示对爱人的不忘与忠贞。这种开蓝色花朵的植物就是"勿忘我"。

我曾经在阿勒泰草原仔细观察一枝孤零零的勿忘我。那株勿忘我周围是片粉红色的瞿麦。在粉色的海洋当中，蓝色的勿忘我显得落寞而忧郁。爱情草原的情景却令人耳目一新，蓝色之中的孤单与忧郁消失了，取而代之的是深邃、浩大和宁静。这种情景让人不由自主静下心来，思考一番爱情的定义。"爱情草原"果然名副其实。

蘑菇花

临时搭建的T型台上的模特风光，比不上勿忘我的魅力。波浪一样漂动的蓝。音乐一样流淌的蓝。我独自向鲜花盛开的草原深处走去。过去心不可得，现在心不可得，未来心不可得。我进入勿忘我营造的博大精神世界。

蓝色的韵律中出现一片大白花——蘑菇圈。眼前的蘑菇有点蹊跷，菌柄长而细，菌伞白亮，最大直径约10厘米，菌肉较薄。食用菌还是毒蘑菇？我清点自己的积累。我曾经在草原上见过这种蘑菇，由于数量较少，加上不熟悉此蘑菇是否可食，因此，没有认真对待。面对足有20平方米的一个蘑菇圈，先采了再说。不一刻，两手抓满了蘑菇。我后悔不曾带个包，哪怕塑料袋。

踌躇之际，不知从哪儿冒出三个哈萨克族男子，他们见我两手抓着蘑菇。不由分说,围了过来。蘑菇太多,他们索性脱掉外衣,当包袱。我上身只穿一件T恤,脱了衣服,可谓仅穿一层自己的真皮,何况众目睽睽,赤裸上身不雅。我只能眼看着来者兜着一包蘑菇,奔向下个蘑菇圈。

两手抓着蘑菇寻思哪里能找个兜之类的,迎面坡下面走来一个中年妇女。从其装束判断,她应该是当地人。

"请教一下,这种蘑菇能吃吗?"

"……可以。不过得先用开水烫。"

女士叫刘春花,年龄与我相仿。去年,他们一家子到这儿游玩,半上午采了一麻袋蘑菇。下午回到家,刘春花分了一半蘑菇给哥哥。晚上,刘春花蒸的米饭,炒了半锅野蘑菇。饭后不到两小时,一家人先后出现胃肠中毒反应。吐得一塌糊涂。

刘春花想起给哥哥的蘑菇,连忙打电话询问。哥哥家炒的野蘑菇,味道好极了。同样的蘑菇,一家吃了中毒,一家却没事儿。原来刘春花的哥哥清洗完蘑菇之后,生怕蘑菇菌褶里夹杂有沙土,先以开水烫过之后,再下锅烹炒。刘春花效法之,烫过的蘑菇果然菇香浓郁,风味和口感均美不胜收。

"还有一种大白蘑菇更好,肉厚厚的。最大的像洗脸盆一样。"刘春花说。

她说的蘑菇是雷菇。我认得雷菇。随后,我真的找到了两个重约500克的雷菇。

打草牧民

从爱情草原回到县城,眼前依旧浮动着勿忘我的蓝。其他人利用晚饭前的时间回房间洗漱,我无法释怀爱情草原的蓝,看到宾馆侧面有片两个篮球场大的荒地,有人在其间打草。我迈开步子来到打草者跟前。

打草者是个哈萨克族老人,他半蹲着身子,镰刀所过之处雀麦、草地早熟禾、狗尾草、鸭茅、梯牧草、田旋花、苦艾、娟蒿、灰藜等齐刷刷倒地。老者抬头看了我一眼,向我点了点头,算是给我打了个招呼。

老者叫木扎提别克,65岁。年轻的时候曾经在阿克乔克草原放牧,并在阿克乔克草原相恋、结婚。10年前,木扎提别克在县城郊区买了一个院子,盖了暖圈。从此,春夏秋三季,他的牛羊在草原上,冬天,牲畜便圈养在暖圈。

木扎提别克擦了一把额头上的汗水,顺势歪坐在草地上,点燃一根香烟,美滋滋的吸了一口,长长地吐了口烟雾。

我掏出采集的勿忘我标本向他请教,木扎提别克说:"好草。牛羊的好草。"

接着,他捡起一根狗尾草说:"这个阿克乔克没有。山上的草与平原的草不一样。"

狗尾草是田间常见杂草,一般而言,狗尾草的穗儿比较小,木扎提别克拿的狗尾草枝叶粗壮,沉甸甸的穗儿,竟然与谷子相仿。我有些吃不准。闷头想想,谷子为狗尾草属植物。水肥条件优越,狗尾草穗儿自然粗壮。附带说明一点,谷子,即粟,谷子去皮后就是小米。谷子是我国最早人工驯化、栽培的谷物之一。

木扎提别克告诉我,过几天,他将回阿克乔克看看自己的牛羊,并在山上住几天。这是每年夏天木扎提别克必须的旅程,否则他会烦躁不安。

我心里涌出纯净、安详的蓝色。或许它一直藏在我们心中,只不过我们整天忙于追求所谓更高、更远的东西,以至于忘记心底的储备。

加依尔草原的夏天

加依尔草原是托里县的山地夏牧场,盛夏时节,我们逆着发源于加依尔草原的多拉特河,走进了这个鲜花盛开,平均海拔2000米以上的天堂。

草原渊源

加依尔草原又称加依尔山,从托里县城方向遥望加依尔草原,加依尔草原是一座连绵的大山。顺着多拉特河谷,回返往复,绕到高山之巅,嶙峋峥嵘的悬崖峭壁不见了,加依尔群山顶部变成起伏舒缓,天高地远的大草原。

有人说新疆游牧民的夏季生活是神仙的日子,这是一个非常形象的比喻。在我看来,游牧在加依尔草原的牧民即便不在天堂,至少也是天堂的邻居。加依尔草原以北的山地曾经被称为成吉思汗山。传说,成吉思汗西征大军既是从加依尔山东部多拉特河上游,沿河而下穿过加依尔山,途径塔城盆地进入了中亚及欧洲。

历史早已经过去,不变的只有草原上的牧草和蔚蓝的天空。但情况好像并不仅仅如此,每次来到草原,我总觉得在野草或者牛羊或者毡房或空气中隐藏着某种东西,这些东西看不见,摸不着,我却分明感受到了它们的存在。我猜想假如野草能够书写历史,天空保存着记忆,它们一定将草原上发生的一切保存在了某个我们不知道的地方,否则野茫茫的草原怎么会如此厚重?或许我感觉到的东西就是文化?

加依尔草原上有许多古墓葬以及几尊被我们称之为"石人"的大石头。其中,一尊石人留着明显的八字胡须。有学者由此推断,石人为突厥遗物。草原与山谷相接的岩石上还有一些岩画,据说,岩画最早可以上溯到公元前1000年上下。人生一世,百年已经令人眩晕,何况千年?

不过,面对加依尔草原的历史,我还是忍不住自己试图通过一根牧草的茎叶,借助天空神秘的眼睛,窥探一番曾经发生在这片草原上的故事。

草原上永远有着解不开的秘密,从遥远的塞人到突然崛起的黄金家族建立的蒙古帝国,辽阔的草原至今依然令世界史学界百思不得其解。1225年成吉思汗西征胜利,在随后500年间，中亚草原等地成为蒙古人的势力范围。清代，历经康熙、雍正、乾隆三朝，征服了桀骜不驯的蒙古准噶尔部，从此，在人类文明史上纵横了千年的草原文明一蹶不振，人类开始进入现代工业社会。

加依尔是蒙古语，加依尔草原上还有加玛特、玛依勒等许多蒙古语地名。这些古老的地名，不正是草原的历史？

鲜花之上

人们常说，游牧民逐水草而居，我以为大家还忽略这样一个问题：气温。天气的温度和季节变化也是游牧民迁徙主要原因。

进入夏季，托里县平原草场最高气温超过30℃，加依尔等高山夏牧场则气候凉爽，植被茂盛，水流湍湍，非常适宜人类生活居住以及牛羊的生长。游牧民岂能错过这等享受生活的好机会。

我们前往加依尔草原时，牧民转场刚刚接近尾声。古老的牧道上偶尔可以见到一两群转场的牛羊。牛羊荡起灰尘迷离了沿途绿色。千百年来，同样的一条路线，走过牧民的祖先，走着牧民的现在，也将走来牧民的后代……登上加依尔山高处，我们进入了一个童话世界。毡房、牛羊，蓝天白云,鲜花绿草,阴坡夹角处残余的冰雪,纯净的空气……

满地细碎的小黄花异常耀眼,从花瓣形状来看,黄花大概有两种,花瓣细长的可能是顶冰花;花瓣呈圆形,叶片具有油色光泽的则是毛茛属植物。

资料显示,毛茛属植物,遍布世界各洲,主产北半球温带和寒温带。新疆产39种,2变种,常见的有阿尔泰毛茛、宽瓣毛茛、多瓣毛茛,长茎毛茛等。我观测到的均为单瓣小黄花,它们可能是阿尔泰毛茛或长茎毛茛。

我在加依尔草原采访的前几天,玛依勒山夏牧场发生了矿山职工采食野菜集体中毒,导致6人死亡的惨剧。据说,这些人误将准噶尔乌头当成野芹菜。准噶尔乌头、林地乌头、白喉乌头等均为毛茛科乌头属植物,是北疆山地草原常见的烈性毒草。倘若,他们了解一些植物知识,知道毛茛科是有毒植物最多的,或许惨剧就不会发生了。

任何事物都有两面性,毛茛科植物当中有毒植物虽然较多,但是,这些植物的花大多很美丽。前面提到的几种毛茛,包括乌头,花色均艳丽非凡,颇有引诱挑逗爱慕者之意。

从毛茛营造的黄色世界回到草原上,细碎的毛茛花之中还分布着大面积苔草及禾本科牧草。若干年以前,我常常将苔草与禾本科牧草如冰草、针茅等混淆。后来,我发现了一个诀窍,生长初期,苔草与禾本科植物的确相近,但是,开花结果之后,区别就非常明显了。

加依尔草原上的苔草主要有草原苔草和刺苞苔草两种,均为优质牧草。

游牧人家

铁留汗,45岁,一家5口人在加依尔草原拥有1000亩草场,大小牲畜200头(只)。毡房西面洼地间,一眼汩汩涌动的山泉满足了这个家庭饮食起居的需要。

铁留汗的大儿子在哈萨克斯坦上大学,另外两个孩子则在国内求学。这几年,实际生活在草原上的只有铁留汗夫妻俩。

铁留汗的妻子蹲在毡房一侧一个小灰坑前,用一个长把铁钳趴拉着。我凑到跟前,女人竟然从灰中扒出一个类似平底锅的家伙,弹净平锅上的灰土,女人用铁钳一翻,覆盖在平底锅上盖子打开了,锅里竟然躺着个金黄色的大面饼。

铁留汗的妻子烧烤的是塔巴馕,一种原汁原味的草原面饼。烧烤塔巴馕的关键环节有两个,牛粪火及两口尺寸相等的生铁平底锅。程序大致如下:点燃牛粪,等牛粪变成红色炭火,把面饼放入一口平底铁锅,然后,将另一口平底铁锅扣在面饼锅上,埋进牛粪火中,大约20分钟,外脆内软,饼香诱人的塔巴馕便烤熟了。

自由自在亲近大自然，香喷喷的塔巴馕，香喷喷的奶茶，香喷喷的酥油，香喷喷的羊羔子肉……牧民对美好生活的追求不正如此？

过去，加依尔草原的牧民还有一件必须做的工作，到河谷采集给羊毛或皮衣皮裤染色的灌木。铁留汗连说带比划讲了一会儿，我也没弄明白牧民究竟是以什么植物做染料。好在铁留汗家草场东面就是多拉特河谷，我们一路观赏着花草，很快在河谷找到了这种植物染料。

植物染料是忍冬，一种准噶尔西部山地常见灌木。新疆产十多种忍冬，花色不同，所结果实颜色有红色、蓝黑色等。做衣物染料的是结蓝黑色或黑色浆果的忍冬。砍下新鲜忍冬枝干，剥开枝条，里面有一层黄色组织，用其涂抹在白色的皮衣或皮裤上，皮子就会变成黄色。

忍冬的各色浆果都是染织羊毛或毛织物的天然色素。夏末，忍冬浆果成熟，采集种子，直接将其与羊毛混合，揉搓，忍冬果汁叶吸附到羊毛上，即达到了染色的目的。不同色泽的忍冬浆果，可以染出不同色的羊毛。不同颜色的浆果搭配使用，则能染出更多色彩的羊毛。

河谷回响

多拉特河发源于加依尔山东部柳树沟附近，借助山与山之间的有利地形，河水自东向西横穿了大半加依尔山。多拉特河西端即将涌出群山，进入托里之际，受两侧山体影响，形成弯曲狭窄的河谷，托里县借助这个地形修建了蓄水量500万立方米的多拉特水库。

水库虽然属于小型，但是，在地表水匮乏的托里县，尤其是在多拉特乡境内，这个小小的水库却是多拉特乡命脉所在。同时，水库与群山交相辉映，山水相依，于是，在大山之间，加依尔草原之下，托里县有了一个旅游的好地方。

我一项喜欢登高，然后，选一处临渊位置，俯视沟谷。来到加依尔草原，我当然不会错过这样的机会。返程途中，我们在多拉特水库大坝一侧的山崖上停留了很长时间。

身处悬崖边，河谷中凉爽的气流顺着山坡，一路收集了奇花异草的芬芳，向我袭来。朋友说，悬崖边上太危险。我玩笑着回答，这样的危险其实很幸福。难道不是吗？一失足，我便长眠于大好河山。

我脚下约4米的石台上，摇曳着一簇紫色鲜花，紫花的右下方，还有几簇相同的繁花。有一阵儿，我觉得这些紫花似曾相识熟悉。小心翼翼下到石台上,揪一片叶子闻一闻。类似薄荷的香味——硬尖神香草,只有山羊能够采食到的植物。

硬尖神香草,唇形科,多年生草本或亚灌木,约15种,我国有硬尖神香草及宽唇神香草2种,均产新疆,为蜜源、芳香油和药用植物。硬尖神香草边上还有一种比绢蒿叶稍大的蒿类,我拔了几枝,问当地朋友。朋友说,蒿草,哈萨克民间治疗肝炎的好药材。他们所说的蒿草,中药称为茵陈。

……河水流淌发出的声音回旋在山谷。山之歌,水之歌,生命之歌,相互交织。瞥一眼脚下幽深的峡谷……虚怀若谷。

阿魏花开

返程途径玛依勒草原,炎炎烈日之下,碧绿的草原间一片多达数万亩的黄色花海异常醒目。我以为黄色花海是盛开的油菜花。转念一想,情况似乎有些不对头,草原上怎么可能有如此大面积的油菜?

陪同我采访的当地朋友说,黄色花海是阿魏花。今年这种盛大的阿魏花开美景,即便生活在当地的人士也不多见。

阿魏属于多年生草本植物,全株,包括肉质根茎都具强烈蒜臭味。在国内阿魏主要分布于北疆草原,国外俄罗斯、中亚等地也有分布。北疆地区的阿魏有两种,一种大面积分布于草原或荒漠草原地带(新疆阿魏);一种零星分布于天山及准噶尔西部山地(多伞阿魏)。新疆阿魏植株稍小,多伞阿魏植株高大,最高的甚至可以达到2米以上。新疆人一般将其统称阿魏。托里草原上开花的阿魏学名叫新疆阿魏。

我能够在夏季观赏到阿魏花开,首先得益于今春气温偏低,草原上温度回升缓慢。正常年份,5月末6月初,阿魏花一夜之间便绽放了,随即结种子,干枯凋落。错过这个时间段,你只好等到来年。其次是降水。2009年秋冬季节,持续了多年干旱之后,托里草原迎来了丰沛的降水,草原上的积雪平均厚度竟然超过了50厘米。今年开春,雨水依旧偏多,雪水、雨水补充了地下水,草原上的阿魏自然不会错过这等好机会。

阿魏生长过程非常奇特,萌发时枝叶繁茂,季节过去之后,阿魏植株的叶子便神不知鬼不觉被萌生的花茎完全取代。阿魏花将开之际,阿魏枝干迅速变成黄色。一旦开花,黄色的植株上挂满成串细碎的黄色花朵,其视觉冲击力可想而知。

说到阿魏就不能不说阿魏蘑菇。阿魏蘑菇有两种,学名分别为刺芹侧耳和阿魏侧耳,刺芹侧耳的典型特征是菌柄偏生;阿魏侧耳的菌柄则生长在菌盖的中部。两种阿魏蘑菇名称虽然有别,其口感和营养成分,以及药用功效则不分伯仲。在生长环境方面,阿魏蘑菇只青睐新疆阿魏,多伞阿魏丛中未见生长阿魏蘑菇的记录。

阿魏蘑菇具有药效,阿魏植株也可入药,据说,其药效甚至比阿魏蘑菇还要好。中药阿魏指新疆阿魏的树脂。采割方式如下:春末夏初,盛花期至初果期,分次由茎上部往下斜割,收集渗出的乳状树脂,阴干,即可入药。

阿魏树脂是药材,阿魏嫩叶则是早春季节一道不错的野菜。不过由于阿魏植株气味独特,甚至牛羊等牲畜对阿魏也采取敬而远之的态度,因此,许多人以为阿魏有毒。新疆阿魏和多伞阿魏的嫩叶我都品尝过,山地阿魏(多伞阿魏)口感较差。草原阿魏(新疆阿魏)做菜,气味具有独特香味,食之,令人难忘。

我的一位托里县朋友说牛羊不吃阿魏。我却在阿魏花海观察到了阿魏花枝被啃食的痕迹。或许是这样,前些年持续干旱,放牧在当地的牲畜"冒险"以阿魏充饥,以致牲畜体会到了阿魏的妙处。类似的情况在北疆草原干旱年份时有发生。2008年春天,青河县牧区曾经连续发生羊群采食假木贼中毒死亡现象,原因是干旱导致牧草匮乏,牲畜明知假木贼有毒却不得不采食。塔城等地在干旱年份则发生过牲畜采食光果大戟等毒草中毒事件。

　　走出阿魏花海,我的T恤上竟然沾染了一层黄色的阿魏花粉……多情的阿魏花。

莫合台狩猎场春秋

相传,700多年前,每到秋冬季节,窝阔台汗便率领王公贵族,涉过准噶尔西缘茫茫戈壁,前往莫合台狩猎。蒙古帝国崩溃,莫合台狩猎场随即神秘消失。直到近现代,人们重新找到戈壁之中,这片水草丰茂的地方……

喇嘛昭

额敏县喇嘛昭乡是该县唯一一个国家级贫困乡。这里偏僻遥远,常年多风,茫茫戈壁一望无际,环境极其恶劣,令人奇怪的是这一带却有一个"莫合台国际狩猎场"。那么寸草不生的戈壁滩怎么会成为狩猎场所,野生动物在这里是如何生存的呢?

喇嘛昭乡距离额敏县城70余千米,毗邻塔城地区北部能源基地铁厂沟。若干年前,喇嘛昭乡曾经为额敏县小煤矿所在地。煤矿关停,繁华一时的喇嘛昭乡回归了固有的偏僻和冷清,唯独横扫戈壁的风不弃不舍,依旧是这里的常客。

前往喇嘛昭的途中,放眼灰褐色的戈壁,我一直在思考人类为什么选择喇嘛昭的问题。假如是因为煤炭,现在煤矿已经关闭,人们根本没有必要守着戈壁,守着贫穷继续在这里待下去。距离喇嘛昭乡十几公里,光秃秃的戈壁上出现零星的梭梭,麻黄,红柳。不一会儿,这些荒漠植物渐渐茂密起来,植株也明显粗壮了,其间甚至还夹杂着一些芨芨草和枯黄的小芦苇。抵达喇嘛昭乡政府所在地,我豁然明白,喇嘛昭乡及该乡的三个行政村,实际上是坐落在戈壁腹地,一片西高东低,泉水四溢的宝地。难怪戈壁滩可以成为狩猎场,有水有草,自然有野生动物分布。

喇嘛昭乡的历史很悠久。相传很早以前,这里就有蒙古族牧民活动。1909年克尔克孜部落在此修建了一座喇嘛庙,喇嘛昭之名由此诞生。据说,喇嘛庙里喇嘛最多的时候曾经达到一万人。20世纪60年代初期,克尔克孜部落迁居塔城,喇嘛庙衰落了。"文革"中期,当时的生产队拆除了喇嘛庙,曾经香火缭绕的喇嘛庙,只剩下一个土堆,静静的待在该乡制高点,水源区域附近,俯瞰着喇嘛昭乡的世事变迁。目前,该乡人口主要以哈萨克族牧民为主。

喇嘛昭的含义自不必多说，有趣的是该乡东面的荒山即为成吉思汗山，这些具有典型蒙古人特征的地名，不能不让人联想到曾经建立了横跨欧亚大陆帝国的成吉思汗及其儿孙。

戈壁当中还藏有什么秘密呢？

莫合台

戈壁滩上最大的秘密并不是喇嘛昭乡。穿过喇嘛昭乡，继续西行，越过30余千米大戈壁，荒凉的大地上突然跳出一幅美丽的草原画卷，喇嘛昭乡的冬窝子——莫合台草原撩开了神秘面纱。

莫合台草原总面积200万亩左右，核心区域约3万亩为沼泽湿地，分布着茂密的河柳、梭梭、锦鸡儿、芨芨草、芦苇以及禾本科、豆科、菊科等草原植被。莫合台草原因此成为额敏县最优良的天然平原打草场之一。

哈萨克族牧民加列力告诉我，莫合台的草叫湖草。一亩打草场，可以收割三拖拉机干草，一拖拉机干草足够一头牛吃两个月。

1225年成吉思汗西征胜利之后分封诸子，今额敏县一带为其三子窝阔台领地，窝阔台在叶密里建立兀鲁斯政权，拥有叶密里河流域,额尔齐斯河上游和巴尔喀什湖以东,都城就建在今额敏河上游,以河定名为叶密里城。1227年成吉思汗病逝,1229年诸王推举窝阔台为蒙古大汗,窝阔台将封地赐给他的儿子贵由。1306年叶密里城毁于战火。

叶密里城保存时间虽然只有80余年,但是,该城的建立却在这片土地上开创了城市文明的先河,对后世产生了重大影响。

相传,最早发现莫合台草原的是成吉思汗。莫合台草原东面的成吉思汗山,就是成吉思汗西征途中驻营而得名。窝阔台期间,莫合台草原成为蒙古王公贵族的狩猎场。贵由汗时期,莫合台同样是汗王狩猎场。

20世纪90年代以前,地势平坦的莫合台成为民间狩猎爱好者的乐园。他们带着猎枪,驾驶汽车,或者追赶猎物,或在夜里借助汽车灯光打猎。据说,一个好猎手,一晚上仅野兔就能收获几十只。

1995年以后,额敏县将莫合台规划为国际狩猎场。目前,该县有计划将狩猎场命名为"窝阔台国际狩猎场"。

冬窝子

莫合台是喇嘛昭乡以及种羊场等乡场的冬窝子所在

地。我们来到莫合台时,牧民加列力开着拖拉机,拉着老婆和一些生活用具及过冬的物资,刚刚赶到自己的冬窝子。他的两个儿子则赶着羊群正在穿越乡政府与冬窝子之间的戈壁。他估计天黑前,羊群能抵达目的地。

冬窝子,也就是牧民冬季游牧场所。牧民选择冬窝子的必要条件是:冬季气温相对温暖,降雪量不大,如此才能满足野外放牧的条件。冬窝子的雪虽不大,外面的世界却依然故我。因此,每到大雪覆盖了大地,冬窝子便与外界失去了联系。莫合台冬窝子的情况大致亦如此。

莫合台的牧民一般是在10月底前后进入冬窝子,来年3月中下旬开始转向春牧场。整个冬季,人畜都得消耗大量的物品,因此在迁入冬窝子的同时,储备一个冬天所需要的食物和草料,成为所有家庭最重要的工作。加列力的打草场收割的牧草足够牛羊吃到来年转场,因此,进入冬窝子之前,他几乎不用考虑牲畜草料的事情。他的拖拉机上拉得最多的是面粉。

莫合台也是多种野生动物的冬季栖息地。过去,这里不仅野生动物数量庞大,种类也非常丰富。当地老年牧民回忆,以前莫合台还有熊和豹,天黑后单身牧民根本不敢出门。现在主要有黄羊、野猪、狐狸、狼、斑鸠等,树林里则有成群的野鸡。有时候可以看到下山喝水的北山羊、盘羊,最多的是兔子。进入冬季,野兔常常成群在牧民的草垛上掏洞安家,出没于牧民居住点四周。蓦然来到莫合台冬窝子的外人,看到这种情形,莫不惊诧于胆小的野兔怎么会如此放肆。

当地牧民非常清楚野兔的处境。莫合台东面和西面为荒山秃岭,北部和南部则为准噶尔盆地西缘环境最恶劣的戈壁。除了冬天,一年四季,莫合台几乎很少有人类活动。草原腹地水泽相连,分布着茂密的柳树,芦苇等植被,为野生动物提供了天然栖息和保护环境,因此,自古以来,莫合台就是野生动物的天堂。

野兔活动在牧民居住点四周,尽管面临着来自人类的危险,但是,相对于荒野上四处游荡的狐狸和狼而言,这种危险简直可以忽略。

加列力偶尔会在草垛子周围下一些套子,抓几只野兔,多数时间他得紧盯着羊群,因为,树林里随时可能会窜出狼。

风来了

傍晚,莫合台起风了。一种与戈壁一样坚硬的风。戈壁上随即荡起一阵黄色的沙土。加列力注视着沙土方向看了片刻,说:"羊群马上到了"。

一般情况下,冬窝子很少刮风,然而,游牧在莫合台冬窝子的牧民对风却非常熟悉。因为,这里正处在世界闻名的风道上。

从空中俯瞰准噶尔盆地,你会发现一个有趣的地理现象:在众山环绕的准噶尔盆地西缘,克拉玛依魔鬼城区域,出现了一条大致南北走向,绵延近百公里的谷地——铁厂沟。铁厂沟两边耸立着吾尔喀夏山,成吉思汗山以及加依尔山,谷地西南出口部位是扼守塔城盆地东面出口,闻名世界的老风口。喇嘛昭及莫合台狩猎场均位于铁厂沟中部靠近吾尔喀夏山的戈壁中。

一边是风蚀形成的雅丹地貌魔鬼城,一边是扬名世界的老风口,显然,这不是一个偶然现象。

经过专家多年的研究,谜底终于揭开了。

受地形以及大气环流影响,每年秋冬季节,准噶尔盆地外泄的空气与西伯利亚东进的冷空气,在铁厂沟谷地相遇,压力差形成了老风口及铁厂沟冬季的偏东大风。数据显示,老风口风区平均风速每秒9米,最大风速每秒40米,有记录的一场风,竟然连续刮了11天。

老风口起风之时,朗朗乾坤顿时陷入白茫茫混天混地的雪暴之中。风借雪势,雪助风威,巨大的声响如万马奔腾,似海啸雷鸣，撕扯着，摇撼着老风口的空气和大地。视线瞬间绛为零，气温急剧下降，最要命的是老风口的风呈螺旋状，人处在风中，会产生强烈的窒息感，造成人的神经混乱，最终将人冻死冻伤。老风口暴风雪，在毗邻的哈萨克斯坦阿拉湖区域也非常有名，被当地人称为"阿拉风"。

　　喇嘛昭乡党委书记刘军告诉我，千百年来，肆掠喇嘛昭的风，从前年开始给全乡牧民带来收益了。总投资12亿的风力发电厂，一期66台风力发电机组已经投入使用，二期66台机组也进入安装阶段。以前草原畜牧业几乎无法利用的荒漠，现在为牧民带来了草原补偿金，风电厂还给喇嘛昭乡中心学校捐助了30万元，同时，还要计划修建公路。加上莫合台国际狩猎场的名气，喇嘛昭乡的未来一片光明。

萨吾尔羊故事

近年来，每到冬季宰牲季节，阿勒泰地区各县市许多人便来到吉木乃县购买萨吾尔羊和黄牛，即便吉木乃牛羊肉价格明显高于其他县市，求购者依旧络绎不绝。那么萨吾尔羊是一种什么羊？它究竟好在哪里呢？

甜的羊肉

吉木乃县畜牧兽医局书记李长江模仿当地哈萨克牧民说汉语的口吻说了这样一句话：甜。我们的羊肉，甜甜的……可甜了。

甜是一种让人舒服或美好的感觉，既有物质方面的也有精神层面的。乍一听，用甜来形容羊肉的滋味，显然属于用词错误，但是，仔细回味，哈萨克牧民使用的这个"甜"字可谓妙不可言，一个"甜"字道出了多重含义。

从品种方面来说，萨吾尔羊属于阿尔泰羊的一个分支，主要分布于萨吾尔山脚下，最高饲养量30万只。从体型上而言，萨吾尔羊略小于阿尔泰羊，臀脂也较阿尔泰羊小些。但萨吾尔羊的营养价值却非常厉害。按照牧民的说法，一个人可以一口吃下一块阿尔泰羊的臀脂，绝对吃不下同样大小的一块萨吾尔羊尾巴油。原因是萨吾尔羊油和肉"硬"。

近年来，记者几乎跑遍了新疆大地，所到之处几乎每每可以听到当地人赞美自己羊肉的事情。吉木乃人夸赞、推崇自己的牛羊，固然有"故乡"情节成分，但是，这种夸赞也说明了一个有趣的现象。四季游牧，不同的季节，不同的草场植被类型，造就了新疆羊肉不同的风味。总体上而言，北疆牧区出产的羊肉均为天然绿色产品，堪称羊肉中的精品。

具体就萨吾尔羊肉与阿尔泰地区其他羊肉的区别，我个人认为，不是行家里手，可能难于区分。当然，这并不是否认萨吾尔羊肉与阿尔泰没有区别。

阿勒泰地区草场分布从荒漠到高纬度山地，气候反差大，植被种类也迥然不同；水质即有矿化度高的乌伦古湖水系，也有冰川融化形成的淡水河流，自然条件的差异，决定了牛羊适者生存的进化过程，这就是萨吾尔羊独特的品质所在。

有劲的草

说起萨吾尔羊肉甜的原因，吉木乃县兽医站站长塔里道同样说了一句令人吃惊的话：劲儿大。我们的草，劲儿特别大。

这里的"有劲儿"同样用的非常到位，而且颇为形象。草是牛羊的食物，草有劲儿，牛羊吃了有劲儿的草，身体有劲儿，肉制品自然也有劲道和营养。

吉木乃县草原监理所干部胡尔买提汗给我讲了这样一件事。有一年，他的一个亲戚娶了个阿勒泰姑娘，男方给女方家陪嫁了两匹马。几个月之后，女方家来人说陪嫁的马病的站不起来了。男方家请了个兽医赶到阿勒泰草原检查之后，发现马严重营养不良。他们找了一辆车，连夜把两匹马拉了回来，放到了当地最好的夏牧场。第二天一早，两匹马竟然晃晃悠悠地站了起来。一个月之后，两匹马完全恢复了。

以前生活条件差的时候，草原上常常有打赌吃羊羔子的事情。某某夸下海口，一顿吃一只羊羔子之后，私下里得找信得过的人打听即将宰杀的羊羔子是萨吾尔羊羔子，还是阿尔泰羊羔子。如果是阿尔泰羊羔子，打赌者吃完羊羔子肉睡觉也不会撑坏。如果是萨吾尔羊羔子,打赌者吃完羊羔子得赶紧找一个水塘,将身体浸泡在水里,否则人就会撑坏,因为萨吾尔羊肉"硬"并且有劲儿。据说,以萨吾尔羊羔子肉打赌者,在水塘或水池浸泡之后,水面上会飘起一层白色羊油。

那么吉木乃草原上的野草究竟有多大"劲儿"呢?

低山及平原区的红豆草、新疆鹅观草、草原老鹳草、车轴草、木地肤、绢蒿,高山区域的苔草、针茅、冰草等等,这些我能够识别的极少数牧草都是新疆草原最优质的牧草,其中,红豆草花色粉红艳丽,饲用价值可与紫花苜蓿媲美,素有"牧草皇后"之称。草原老鹳草草质多汁,且为蜜源植物,营养价值自然不在话下。其他如新疆鹅观草、苔草、针茅、冰草等等牧民统称为牛羊的过油肉拌面,这些优质牧草齐聚一地,牛羊以这类可口的植被为食物,野草的"劲儿"传递给了牲畜,其肉制品岂能没"劲儿"。

牧人之说

近年来,随着气候变化及人为因素,新疆草原退化现象引起普遍担忧。与草原多数植被严重退化相反,有一些植被却蔓延开来。如高山牧场的乌头、黄花棘豆,平原草场的小花棘豆、大戟科植物、天仙子等即属于此类物种。

在正常进化过程中,有毒植物受到其他植物相生相克,在草原上并不占优势。但是,当其他植物被牛羊过度啃食,出现退化,有毒植物便趁隙而入,不断扩大领地。

乌头、黄花大戟、球根大戟、准噶尔大戟、黄花棘豆以及天仙子等均属于新疆草原常见烈性毒草,牲畜一旦误吃这些毒草,不死也如同过了一回鬼门关。不过,毒草也有另一面,即药用价值。令人奇怪的是草原上的牲畜也深谙此道。塔里道给我讲述了下面一些发生在草原上的故事。

牛羊马进入夏牧场头一件事就是寻找乌头和天仙子等毒草,这是它们的本能。据说,经过夏秋季及冬春,到了初夏转场季节,牲畜消化道内会寄生一些虫害或发生消化疾病。牛羊马饱餐一顿毒草,杀灭了消化道内的寄生虫,治愈了消化道疾病,随后便对毒草敬而远之。此时,啃食毒草的牲畜并没有表现出中毒症状,牧民对牲畜的这种行为也颇为奇怪。

黄花棘豆和小花棘豆是一种奇特的毒草。尤其盛花期和结果期毒性非常了得。这两种毒草混生于优质牧草丛中,弄不好就会给牲畜造成麻烦。

乌头及大戟科毒草,毒性来势汹汹。黄花棘豆中毒表现为慢性中毒。牲畜一旦误吃了黄花棘豆,初期表现为很强的传嗜性,也就是专门找黄花棘豆或小花棘豆吃,而且牲畜具有明显的增肥效果。增肥到一定程度,形式立即发生了逆转。表现为牲畜迅速消瘦,视力减退,失明,精神恍惚,步态失调,口腔浮肿,最终口吐白沫而亡。

天仙子的毒性较乌头等烈性毒草相对温和一些。据说,天仙子籽种会产生幻觉,古代巫师或萨满常常借助天仙子籽种,弄出一些玄幻之事。不知误食天仙子的牛羊会不会有相同的感觉。

光棍羊群

海拉提是托普热克乡牧民,他的放牧点位于萨吾尔山北坡海拔2600米左右的区域,距离县城约60千米,从植被类型而言,他的夏牧场主要是苔草草甸型草场。

海拉提的羊群非常奇特,除了一些山羊,其余250多只肥壮的绵羊,全部是托普热克乡牧民的种公羊。种公羊担负着发展后代的作用,因此,它们享有在萨吾尔山最肥美的草原生活的特权。

有些读者对此可能有疑问,怎么都是种公羊呢?实际上,分群饲养是牧民师法自然的举动,目的是控制母羊产羔日期。野生盘羊等食草类动物均有分群生活的特性。

种公羊价格昂贵,带牧费相对也高。海拉提带牧的种公羊每只每月需要10元。具体情况如下:11月初海拉提带牧的种公羊回到各自羊群配种。第二年5月初牧民们再将种公羊交给海拉提,种公羊开始集体光棍生活。一只种公羊可使用3~4年。

在大片的苔草草原间,还有相当一部分由鲜花装扮的砾石地带,高山紫苑、灰黄火绒草、蝇子草、罂粟花……最值得一提的首先是高山紫苑。紫苑花的紫色,向来给人一种神秘,唯美,高贵,或者还有寂寞孤独之感,萨吾尔山的高山紫苑花茎高度均在10厘米左右,它们植株不高,却以一种无畏的姿态登上山之巅。

罂粟由于其割取物可加工鸦片历来是邪恶的象征,在繁花似锦的紫苑花丛中首次看到淡黄色的罂粟花,我有些不相信自己的眼睛。在我的印象当中罂粟是一种毒草,但是,这里的罂粟许多花茎及叶子均有被牛羊啃食的痕迹。

海拉提说种公羊性格各不相同,有的凶悍,有的含蓄,有的喜欢叫喊,有的喜欢登高等等。罂粟以及鲜花……假如种公羊也有思想,每天面对这些花花草草,想必这群光棍也会产生一些浪漫的奇思妙想。或许种公羊里也有诗羊、哲羊之分。

哲羊思考的是为什么食草动物必须是食肉动物的食物，或羊为什么活着之类问题。诗羊吟哦的肯定是爱情，或赤裸裸的性欲。

狩猎老虎台

拜城县境内有两处国际狩猎场，其中老虎台狩猎场常年栖息着大量的盘羊、鹅喉羚等野生动物，备受国外狩猎和研究者的青睐。5月末，冒着蒙蒙细雨，我踏上了老虎台之旅。

动物趣事

春天是一个充满希望的季节，湿漉漉的空气中飘散着沙枣花浓烈的香气。放眼四野，绿油油的果园，绿茵茵的麦子，被花蕾压弯了枝头的沙枣树，沙枣林中一排排蜂箱，林间挑出的卖蜂蜜的招牌……转眼间，大地上的人工痕迹被原生荒野替代，空气中沙枣花香随即也被一种略带苦味的草鲜之气淹没。

进入老虎台乡地界，拜城县委宣传部干部刘斌想起曾经发生在狩猎场内的一间趣事。

老虎台国际狩猎场既是野生动物的天堂，也是当地牧民游牧的场所。每年夏季，老虎台乡等地的牧民赶着羊群进入老虎台国际狩猎场，由此，这里便诞生了许多人与动物之间的故事。

2000年6月，老虎台乡发生了一件匪夷所思的事情。有家牧民的两只牧羊犬在荒野遇到一头带着三头猪崽的母野猪。一番较量，两只牧羊犬制服了野猪。鬼使神差，牧羊犬竟然一左一右咬着母野猪的耳朵把这头野猪赶回了牧民家。牧民见状大吃一惊，就在牧民不知所措之际，三头野猪崽哼唧哼唧叫着，一路尾随而至。

牧民吃惊之余迅速将情况上报拜城县动物保护部门。后来，牧民扯开牧羊犬，母野猪回过神来，带着三只小野猪重新回归了荒野。

去年冬天老虎台国际狩猎场遇到多年不见得大雪，居住在狩猎场外围的当地居民迎来了一批又一批鹅喉羚等动物。在最寒冷的一月间，甚至胆小的盘羊也乘着夜色悄悄潜入村庄，偷食牧民储备的干草。

拜城县林业派出所所长孙光明说，近年来，每到冬季，拜城县便采取野外投放草料的方式帮助食草野生动物，其中,也有一些不和谐的插曲,个别牧民捡拾投放草料。想一想,牧民也不容易,野生动物偷吃牧民储备的草料,牧民偶尔捡一点政府投放的草料也不为过。

猎场写实

老虎台国际狩猎场总面积约5600平方千米,海拔有1400~2200米之间,为天山南麓山前荒漠及台地区域。植被有芨芨草、针茅、苔草及荒漠植被骆驼刺、盐穗木、琵琶柴、麻黄、碱蓬、猪毛菜等。

没有进入狩猎场之前,我脑海中一直回旋着南疆荒原固有的荒凉景色。进入狩猎场区域,我心目中的荒原却是另外一种景象。绿色从我脚下一直铺向远方的天山,一簇簇绽放着喇叭花的馒头状植物,仿佛大自然精心修剪的花篮,在天地之间自我陶醉。我想采一朵喇叭花,不曾想手指被潜藏在花枝中的利刺扎了一下。

荒原上,准确地说是草原上还有一种擎着串状紫红花束的植物,这种植物个头虽小,花色却令人震撼。蓦然看到这种成片分布的小花,我首先被它的胆识折服。鲜花是娇贵的,需要呵护。季节虽然已经进入初夏,由于海拔较高的缘故,雨中的老虎台狩猎场依然流淌着一种寒意。这种小花却以一种傲视一切的姿态，在冷风中放肆的展示着色彩，试想，没有足够的勇气，又怎么能够做到呢？

还有一点令人纳闷儿。紫色是一种冷艳的色彩，它没有红色热情，不如绿色醒目，没有黄色明亮，也不像黑色的沉闷庄重。这种紫红色的小花冷艳之中，给人一种神秘，一种唯美，一种高贵，或许还有一种忧伤或者寂寞……它所传递给人们的诸多气质，似乎迎合人类不同的审美情趣。

仔细观察这些美丽的鲜花，有些花朵还没有绽放就残缺不全了，有些花朵则明显留下受到伤害的痕迹。这种情形让我联想到了游荡在老虎台的野生动物。

狩猎场内还有几种我熟悉的植被：绢蒿、沙篷以及木地肤。木地肤和沙篷是荒漠地带常见的植被，据说，它们营养价值可与牧草之王苜蓿媲美。绢蒿（也称博乐绢蒿）则是新疆春秋草场最常见的优良牧草之一。尤其是春天的绢蒿，其神奇的催奶功效和营养不仅保证了母畜哺乳后代所需的充足奶水，对母畜恢复膘情也有着不可替代的功效。难怪盘羊、鹅喉羚钟情于此。

莫名生物

2007年夏天一场暴雨之后，拜城县森林派出所接到报告称,老虎台乡附近的一个拦水坝前挡住了一个怪物,体型像牛一样大。

所长孙光明接到报告后立即赶到了现场。察看完现场会,孙光明也被浸泡在水中的这个已经死亡的庞然大物弄糊涂了。究竟是什么东西捞出水之后自然有分晓,孙光明加上其他8个小伙子,花费了近一个小时时间,费了九牛二虎之力,终于将莫名生物拉到了岸上。仔细一看,孙光明吓了一跳,在林业派出所干了多年,孙光明听说过老虎台山里有棕熊,他却没有想到以这种方式亲眼见到了棕熊。

经过解剖,棕熊显然是溺水而亡。孙光明本想将死亡棕熊做成标本,无奈由于水流冲刷、碰撞等原因,死亡棕熊体表已经严重受损,他们只好将其掩埋了事。

孙光明说除了棕熊、盘羊、鹅喉羚之外,狩猎场内还生活着狼、北山羊、狐狸、雪鸡、旱獭、雪兔、野鸡、野兔等多种动物。

2008年夏季,孙光明在一次例行巡查过程中遇到了一个至少有200只盘羊的大羊群。孙光明说,天刚亮的时候是盘羊、鹅喉羚等动物活动最频繁的时段。白天,这些野生动物则隐蔽在沟壑、灌木丛中休息。天黑之前,盘羊等动物则成群出动,前往喀普斯朗河饮水。

孙光明还向我介绍了这样一些情况:盘羊历来是人类

的主要狩猎动物之一，现代人们狩猎盘羊，主要是用于研究以及漂亮的盘羊角。孙光明见过的最大的盘羊角加上盘羊头，重量至少在50千克以上。

盘羊是雌雄两性分群栖息的动物。公盘羊要么单独游荡，要么和谐友好的过集体光棍生活。母盘羊则常年群居。

每年11月底至12月初是盘羊的发情期。进入发情期的雄性盘羊完全变成了魔鬼。长期生活在一起共患难的公盘羊们，为争夺配偶展开了惨烈的决斗，这期间盘羊发生羊角断裂脱落，受伤，死亡等现象不胜枚举。交配结束之后，公盘羊们围绕着爱情展开的决斗也停止了。交配季节结束，公盘羊和母盘羊可以生活在一个区域内，它们却绝对不会合群。抚养小盘羊的责任全都落在母盘羊的身上。

盘羊寿命在12~13岁。目前，经过严格审批，各国几乎都设有按计划狩猎盘羊的狩猎场。

国际狩猎

国际狩猎是指在规定的时间和地点进行的狩猎活动，我国开展国际狩猎已经持续20余年。2008年初秋，老虎台狩猎场迎来了德国、瑞士两国的几批狩猎人士，狩猎一只盘羊价格为10万美元。

盘羊是羊亚科中体型最大的种类,新疆分布有5~6个亚种。雄性盘羊长有粗大的角,长达100厘米~170厘米,表面布满环形的褶皱,基部围长宽广。角型呈螺旋形,由头顶向下并向后作螺旋状弯曲,几乎可达360度,是该物种的显著特征。盘羊角的重量和长度随年龄的增长而增长。雌羊角短而细,弯曲度也不大。盘羊一般栖息在山脚、冲积平原和沙漠等海拔1500~5000米区域。

几年前,就国际狩猎活动我曾采访自治区林业厅高级工程师安尼瓦尔·木沙,他说,人们提到动物保护,往往首先想到的禁止狩猎。实际上,合理的狩猎,是促进野生动物种群更新和良性发展方法之一。这种狩猎活动是在规定的时间、地点和限定的种类、数量前提下进行的捕猎活动,各种野生动物的猎取量是通过测算而确定的。以盘羊为例,狩猎的对象一般是老年盘羊。我国狩猎盘羊的收入,作为专项资金全部投放到了对盘羊的保护工作中。体型最大的盘羊是生活在帕米尔高原的马克波罗盘羊。

至于如何识别盘羊年龄的大小,通过观察盘羊角的大小和身体色泽即可得知。在盘羊群里,羊角巨大,背毛灰红色的盘羊年龄一般都超过了10岁,这个年龄段的公盘羊失去了繁殖能力,将这些老年盘羊及时从种群中剔除掉,既能够合理利用老年动物个体,调节野生动物种群结构,同时也适当减轻环境负载,有利于轻健壮动物生长,给野生动物种群的发展创造了更大的空间。

我掌握的情况,新疆境内的国际狩猎场的还有额敏县、塔什库尔干等地,狩猎对象同样主要为盘羊。

托克逊的拌面

拌面是新疆人钟爱的面食,个别地方也称菜盖面。本人体胖好吃,凡大众喜爱饭食,均为我的爱好。我几乎跑遍了新疆,其中一个有趣的现象值得关注:全疆各地好像都有以托克逊为名的拌面,托克逊拌面何以如此出名?3月末,我在托克逊县做了一番调查。

品尝拌面

托克逊县城市不大,林林总总的饭店餐馆却不少,尤其是名目繁多的拌面馆。初来乍到,我对这些拌面馆的名称颇有想法,匾额上怎么罕见"托克逊"字样?随后,我意识到自己身在托克逊县城内,这种疑惑未免太愚蠢。

既然欲探寻托克逊拌面的秘密,就得多走几家,以免以偏概全。头两天,我随意找了三家拌面馆,先后品尝了过油肉、韭菜、小白菜等拌面,总的感觉托克逊的拌面的确名副其实。面随便吃,菜分量足、肉多,菜的味道适合大众口味。

第三天,当地朋友介绍了一家被称为"金牌"拌面的饭馆。来到该饭馆,我点了一份过油肉拌面。不一刻,菜和面上来,我吃了一惊,菜简直就是一碗肉。此前我在北疆某地吃过20元一盘的过油肉拌面,如果按照"过油肉"的量而言,这碗菜里肉的比例,足足可以炒出两盘以上20元的过油肉。而在托克逊,这样的拌面一盘17元钱。

我私下以为,此过油肉拌面当中的肉至少可减去一半。店主周军对我的提议持否定态度。理由很简单:拌面是新疆大众的最爱,尤其是工薪阶层、农民的主食之一。其他拌面一盘子12元钱,过油肉拌面价格最贵。许多客人点过油肉拌面,目的就是美美的吃一顿肉,肉少了岂能叫过油肉拌面?

换个角度思考此言,周军的观点的确有道理。

那么此店何以被称为"金牌"拌面呢?不问不知道,一问颇感意外。托克逊县几年前意识到了本地拌面的品牌价值,成立了托克逊拌面协会。去年,协会牵头举办了一场全县范围的拌面大赛。周军的拌面一举夺魁,由此便得了个"金牌"拌面的名称。

谈到获奖原因,周军谦虚地说,他根本没想着能获金奖。比赛那天,有些参赛选手紧张的腿肚子抽筋,没有发挥出真正的水平。他只有一个念头,自己的拌面馆不是为比赛而开的,按照平常的操作规程,认认真真的炒菜、拉面。结果真获奖了。

水好菜好

说起托克逊拌面名声远扬的原因,周军想了一会儿道,水好菜好。再问,他说实在抱歉,这个问题就像他的拌面意外得金奖一样,他真的不知道该从哪个方面讲。接下来,我在托克逊县城走访了若干不同阶层人士,大家的说辞基本相似,大多是托克逊的水好,其次是菜好,咸淡迎合了大众的口味,拌面分量足。

吐鲁番盆地乃干旱炎热之地,托克逊县位于吐鲁番盆地西南部,县境内除了少部分绿洲,大多区域是茫茫戈壁和荒山秃岭,当地人却偏偏说水好?岂不是怪事?

我走访了水利局,总算弄清了其中缘由。托克逊县戈壁荒原的确占有想当面积,这种现实给人造成了该地缺水的印象。其实不然,按照人均占有水资源量的比例而言,托克逊排在了全疆前列。托克逊地表有9条河流,它们均发源于四周的高山冰川。无污染的自然环境,流淌着冰山雪水,水好当在情理之中。

托克逊县史志办主任陈慧琴给记者讲了这样一些经历,她常常喝生水,从来没有因为喝生水出现不适。夏季县城内热的人发晕,到祖鲁木图沟、阿拉沟等地旅游,正值罗布麻花烂漫的季节,山谷间流淌着香喷喷的罗布麻花味,沟底清凌凌的河水,伴着哗哗啦啦水声……鞠一捧河水,喝一口,冰凉过后,满口甜丝丝的回旋着罗布麻香……那种感觉……美极了。

祖鲁木图沟、阿拉沟、鱼儿沟等地的山水最终均流向低洼的托克逊。此等秀水烧饭,滋味肯定不在话下;灌溉这样的水长成的蔬菜,品质自然不用多说。

我还了解到这样一些情况:托克逊拌面使用的面粉不一定是当地面粉,但是牛羊肉,均为地产鲜肉。托克逊黑羊肉质名声早已在外,好水好菜好肉,拌上劲道十足的拉条子,再来几瓣新蒜,够味。当然,再好的水和菜如果没有好的厨师料理,好事也会弄砸了。任何一家好的拌面馆均离不开好厨师。

地理使然

采访期间,我专程走了一趟甘沟,耳闻目睹一系列发生在甘沟的故事。我似乎发现了托克逊拌面成名的另一个重要原因。

托克逊县是进入南北疆天险甘沟的最后一站，从反方向而言,这里则是司乘人员摆脱甘沟噩梦,抵达安全区域的第一站。高速公路贯穿甘沟之后,曾经的魔鬼之地变成了坦途,一般车辆两小时之内即可走完甘沟路段,但是,倒退十几年,情况则完全不同。

甘沟之所以名闻天下,即在于沟深、弯急、坡陡。过去,甘沟内若无降水,短短70来公里路程,卡车耗时6小时左右可通过甘沟。一旦遇到降水或车辆故障塞车,车辆原地等待,根本没有准确的时间而言。于是,经托克逊县城准备过甘沟的司乘人员养成了出发前饱餐一顿的习惯。最方便,而且耐消化的莫过于拌面。

甘沟之所以令人头疼,即在于过往车辆十有八九要在其间抛锚、耽搁。试想,被困于光秃秃的甘沟之内,饥饿来袭,岂有不回味托克逊拌面的道理。同样,从南疆而来的司乘人员,即便顺利通过甘沟,时间也得半天时间。一路精神高度紧张,进入平坦的托克逊县城,精神松弛下来,胃口顿时大开。此时,来一盘有菜有面的拌面,滋味可想而知。

再者,托克逊人深知甘沟是个鬼门关,开饭馆的更不例外。让过往甘沟的司乘人员美美的吃顿饱饭上路,既是一种地主之谊,也是天经地义之事。

口碑就是最好的广告,往来甘沟的司乘人员走南闯北,念念不忘托克逊的拌面。精明的商家借此口碑将拌面馆开到了南北疆各地,托克逊的拌面岂有叫不响之理?

据介绍,托克逊成立拌面协会及举办拌面比赛,目的就是将小小的拌面做成大文章。记者以为,过去,托克逊拌面凝聚了托克逊人的淳朴善良愿望。未来,托克逊拌面将依旧保持这个传统。

新疆的草原

新疆是我国三大草原畜牧业基地之一,草原总面积8.6亿亩,可利用面积7.2亿亩。草原类型多样,已知高等植物3270种,牧草2930种,其中,分布面积广,饲用价值高的优良牧草382种。草原上还栖息着大量飞禽走兽,它们与植物一起构成了新疆草原的生物多样性,演绎着自然进化、适者生存的故事。同时,从远古至近现代,这里曾诞生并辉煌过令世界瞩目的中亚草原文明……

草原春秋

教科书里将新疆的草原分为荒漠草原、草原、草甸草原、沼泽草原四大类,各类草原又细化为高寒草原、高寒草甸、山地草甸、山地草原草甸、山地草原、山地荒漠化草原、平原荒漠草原、平原草原、平原沼泽等等。

学界如此划分草原类型自有其道理，但是，一般读者接触此类文字未免有些发晕。不过，好在新疆牧民在生活实践过程中，按照放牧季节将不同的草原类型划归为春秋牧场、夏牧场、冬牧场三大类，简单、实用而又一目了然。我以为依此顺序引领读者走进新疆草原，不失为一种最佳方式。

新疆草原常见植被有禾本科、豆科、菊科、莎草科、藜科、蔷薇科、伞形科、十字花科、唇形科、百合科、毛茛科、石竹科、蓼科、选参克、迎春花科等等，每科又分多个种属。我的一位学习植物的朋友曾经说过这样一句话：只要你能在草原上识别300种以上植物，就可以成为草原专家。此话或许有些偏激，但却说明了一个现实——能够认识数百种草原植被，并叫出名称的人士可能不多。

春秋牧场是新疆草原畜牧业当中过渡性草场，新疆牧民对其利用集中在春季和中秋至深秋时节。春秋草原分布区域一般为平原或山前台地，主要植被有绢蒿、羊毛草、针茅以及伞形科、十字花科、唇形科、百合科等植物。其中，值得特别一提的是绢蒿。

准噶尔盆地西缘博尔塔拉、伊犁河谷、天山北坡与荒漠接壤区域，全国第二大平原草场库鲁斯台草原等地分布有大面积绢蒿，该牧草不仅营养丰富，具有神奇的催奶功效，而且有一种奇异的浓香味,牛羊采食绢蒿之后,肉中便浸润了绢蒿的味道。

秋天的草原主要是菊科植被世界。去年9月下旬,我在福海县种羊场附近采访,荒草凄凄的草原上,一簇簇绽放的紫色花朵,突然出现在我的视线。我邂逅了草原上的紫苑花。

仔细观察这些美丽的鲜花,许多紫苑花骨朵还没有绽放就残缺不全了,有些花朵则明显留下受到伤害的痕迹。追究残害这些漂亮花卉的元凶,罪魁祸首竟然是牛羊。原来紫苑不仅花色娇美,它还是牛羊喜欢的牧草。

草原和食草类动物是一个生物链,它们相互为生,又相互克制,如此它们才能够彼此生息繁衍。如果我们将牛羊和紫苑单列出来,情况大致是这样的:牛羊啃食紫苑,获得了生命所需的能量,它们排出的粪便则反哺了紫苑生长需要的养分。同时,随着牛羊游走迁徙,它们将啃食的未消化的紫苑种子又传播到了更广大的区域。

北疆草原上分布着高山紫苑,阿尔泰紫苑(阿尔泰狗娃花),乳苑属等,民间一般统称为紫苑。它们均属于菊科野生观赏花卉植物。较早一些资料显示,7~9月是紫苑花期,实际上,近年来,随着新疆各地气温持续升高,北疆草原上紫苑的花期,大多延续到了10月中旬。我所见的紫苑,学名叫阿尔泰紫苑。

查阅相关资料的时候,我发现许多人钟爱紫苑,并且以紫苑为名称。还有许多以紫苑花命名的论坛等等。按照某些时尚的说法,紫苑代表着某些吉祥日子,在这些日子出生的男女则禀赋紫苑中和或机智等人性化特点。

其他牧草还有小甘菊、灌木亚菊、扁芒菊、三肋菊、重生的蒲公英等等,它们或者匍匐在河滩草地,或者伫立于石滩或荒原砾石的缝隙,用充满暖色调的黄花,照亮了一个个凄清的草原秋夜。

夏花与冬牧场

夏季是新疆草原最美丽的季节之一。每年5月末6月初,平原草场及山前丘陵草原气温持续升高,牧民赶着畜群开始向天气凉爽的高山夏牧场迁徙。随后,各地纳凉避暑的游客纷至沓来,于是,巴音布鲁克草原、那拉提草原、巴里坤草原、巴尔鲁克山草原以及阿尔泰山区草场等夏牧场风光走进了我们的视野。

泰戈尔有句名言:生如夏花之绚烂,死如秋叶之静美。前半句用来形容巴尔鲁克山草原再恰当不过了。春季巴丹杏、芍药、郁金香等植物编制的花海接力到夏季,白色的绣线菊花、黄色的锦鸡儿花、蓝色的鼠尾草花、紫色的野豌豆花,点地梅以及其他数不清的花花草草,将整个巴尔鲁克山变成一个天然大花园。

阿勒泰地区纬度较高, 夏季草场植被种类主要为禾本科、苔草、羽衣草以及一些木本植物组成,因此,仅从植物种类和花色而言逊色于巴尔鲁克山。不过,阿勒泰山中却分布着红景天、冬虫夏草、一枝蒿、多种蕨类等中草药。这里还有一种被牧民称为"人参"的植物。据说,这种植物夜里会发出淡淡的白光。阿勒泰羊吃了这种牧草,特别有精神,人一旦吃了这种羊的羊肉,浑身也特别有力量。

昭苏草原是一个被游客忽视的地方。巴音布鲁克、那拉提、孟布拉克,包括阿勒泰等夏季草原海拔较高,属于草甸草原,植被主要为苔草、毛茛和禾本科植物。昭苏草原地处天山迎风坡面,降水丰沛,海拔相对较低,因此,这里的植被种类也较之其他高海拔区域的夏牧场丰富了许多。其中,最值得一说的是百里香。据说,百里香曾经被当做提取香料的植物,不过,在昭苏著名的灯塔草原上,百里香、野草莓和千叶草则是主要的牧草之一。千叶草同样是一种带有蒿草香味的牧草,不过这种牧草有微毒。

塔克拉克是托木尔峰自然保护区内一片美丽的草原,其核心区域位于天山凹陷形成的盆地内,海拔在3000至

3200米之间。塔格拉克草原地表植被基本保持着一种原生态状况，保护区内高等植物接近400种，还有众多真菌，地衣等。

北疆夏牧场海拔一般在3200米以下，帕米尔高原以及阿尔金山保护区的夏牧场海拔则达到了4000米以上。两年前，我曾在帕米尔高原的苏巴什遇到一位塔吉克族牧民，这个地方海拔4200米，牧草主要为禾本科耐寒植物。交谈中我出现了严重的高山反应，这位牧民却赶着羊群悠然于天地之间，我能说什么呢？

冬牧场是新疆游牧民活动时间最长的区域，从上年11月初到来年3月末，牧民和他们的牲畜都要在冬牧场度过。为了适应天然放牧的需要，牧民便将冬牧场选在了冬季气温相对较高，降雪适中的荒漠草原。

北疆牧区最大的冬牧场非托里县玛依勒冬牧场莫属。冬牧场的主要植被有禾本科植物、木地肤、假木贼、骆驼刺、甘草、藜、梭梭、沙篷等等，其中，木地肤的营养成分超过牧草之王苜蓿2~3倍。最有意思的是假木贼，在整个生长期假木贼是一种毒草，到了冬天，假木贼的毒性消失，成为非常有营养的牧草。

胡杨林草原

塔里木河及叶尔羌河中下游还分布着大面积胡杨林及红柳,林地间分布着甘草、芦苇等,有人将这些林地称之为沙漠草原,也有人称其为称胡杨林草原。它们主要分布于巴楚县、阿瓦提县、沙雅县、轮台县等地。

塔里木盆地属于暖温带气候,春天许多种子还等待着稀罕的春雨,胡杨和红柳将醒未醒之际,甘草、骆驼刺、芦苇以及芨芨草蛰伏了一个冬季的地下根茎已经萌芽了,塔克拉玛干沙漠的草原复活了。以沙雅县为例,该县境内芨芨草呈零星分布,因此,芨芨草的复苏几乎可以忽略,而野生甘草面积却达到40万亩,难怪当地人称之为:甘草草原。

新疆甘草主要有光果甘草、乌拉尔甘草、胀果甘草,塔里木盆地主要为胀果甘草。甘草虽然有若干种,但是,不论哪一种甘草地下根茎都是中药材,地上生长的枝叶则是优良牧草。甘草嫩枝散发一种独特的气味,有些人对这种怪味极其敏感。从生物学角度而言,甘草散发的味道不过是自我保护措施之一。

游牧在沙漠草原的羊群——如同人类已经习惯了一些带有怪味的蔬菜一样——对甘草枝叶发出的味道同样异常

敏感。空气中飘散出甘草的气味,预示着游牧在沙漠草原上的羊群最艰难的日子也过去了。

　　紧随甘草之后,青嫩的芦苇萌芽了。芦苇是禾本科植物,属于塔里木盆地主要牧草之一。此时的芦苇嫩芽与甘草相似,均带有淡淡的甜味,营养丰富,即适合老羊采食以迅速恢复体能,又适宜当年出生的羊羔补充体力。

　　北疆草原畜牧业对芦苇的利用主要集中在春季。塔里木盆地环境恶劣,对芦苇的利用则从青食,一直延续到了储备干草。整个夏季,沙漠草原可利用的饲草,除了以上几种植被之外,还有胡杨叶、红柳、花花柴(胖姑娘)、沙篷、梭梭、骆驼刺等。

　　塔里木河流域还分布有大面积罗布麻,这种情况让我想当然以为罗布麻也是当地牧草资源之一。就此我曾请教过一位对南疆畜牧业非常了解的人士,此人一口否认了,因为,罗布麻有毒。我提示对方一些野生植物不同的生长阶段毒性有差异,许多有毒植物可作干草调剂使用。此人却依旧坚持罗布麻有毒,羊群根本不吃。后来,我请教另一位专家,这位专家肯定地说:羊群采食罗布麻嫩叶。

　　如果真的如此说,便出现了这样有趣的情景:人类使用罗布麻茶是因为其具有降低血脂、血压等功效。羊采食罗布麻会不会有同样的作用呢?

沙漠草原上还有一种与骆驼刺营养价值相近的植物琵琶柴,遗憾的是骆驼和山羊只能利用琵琶柴的嫩枝。

恶之花

禾本科植物是新疆草原上主要牧草之一,其中,大部为优质牧草。北疆著名草原萨孜草原上就生长着多种禾本科植物,其中,有一种营养丰富,被当地牧民称为"油草"禾本科植物,却让当地牧民喜忧参半。

几年前,萨孜草原上曾经发生羊群莫名其妙死亡的现象。当时,牧民以及兽医专家以为羊群发生了不为人知的疫病。这个情况和死羊标本很快送到塔城地区相关部门进行解剖。时任塔城地区草原站站长的梁卫国参加了解剖的全过程。

羊皮剥开之后,羊酮体的表面除了一些黑紫色的斑点以外没有其他异常。打开内脏,他们很快发现,羊的内脏上面有一些针状的物体。所有人都以为这种针状物是某种新发现的寄生虫。然而,当他们把这些针状物从羊的内脏上拔出来之后,却吃惊地发现,它们竟然是萨孜草原上针茅的种子。

仔细观察针茅的种子,任何人都不难发现这种种子的外表包裹着一层呈齿状的倒菱形表皮,数年前,出于好奇,我曾经体验过针茅种子的穿透能力。将种子放在舌头上,随着舌头和上颚的运动,针茅的种子就如同长了脚一样附着力极强地立即向口腔深处运动起来(这是一种很危险的尝试,读者切勿模仿)。

针茅的种子成熟之后,对羊体有极强的吸附作用。它们一旦吸附在羊身上,种子上的倒刺就会随着羊的移动,活动起来。它们往往穿过羊毛,刺透羊皮,进入羊体,严重的就能够穿透羊身体,直达羊的内脏。

2009年7月,我在赛尔草原一个叫松树沟的夏牧场被几种似曾相识,美丽的能够让人窒息鲜花吸引住了。这些蓝色的花朵在高山草甸上显得异常醒目。驻足观察良久,我感觉这种花有些邪祟,似乎是在故意以花色引诱我走向“歧途”。此时,我才突然反应过来,眼前这些似曾相识的美丽花朵就是大名鼎鼎的毒草乌头。

《三国演义》中华佗为关公刮骨疗毒治疗的就是乌头的毒。故事说的是关羽攻打樊城时,被毒箭射中右臂,将士们取出箭头,毒箭上涂抹的毒液已经侵入关公的骨头。后来,箭伤逐渐加重,华佗前来给关羽治伤,点破关公所中毒箭是乌头毒。治疗需要用铁环固定关公的手臂,然后用大绳将关公捆住,切开皮肉刮骨治疗。关公不明白治疗手臂为什么要用铁环和大绳，当他知道铁环和大绳是因为华佗担心刮骨疗毒过程中关公忍受不住疼痛，他饮了几杯酒，袒露出臂膀，下棋饮酒，任凭华佗下刀割开皮肉用刀刮骨疗毒，其中，刀刮骨头发出的响声，让所有人禁不住掩面失色。华佗刮去关公臂膀上侵入骨头的毒，敷上疮药，缝合之后，关公立即觉右臂伸舒自如了。

不识乌头之人，会钟情于乌头花的美艳，牧民对这种植物采取的是敬而远之的态度。因为他们知道这种草的厉害。

我国的远古故事中神农氏时期人们就知道把乌头的汁液抹在兵器上狩猎。据说，这种毒箭只要射到狗熊身上，狗熊就会踉跄几步之后中毒倒地而亡，由此可见乌头的毒力是非常厉害的。在后来的战争中，乌头则用在毒杀对手的利器上。而被涂抹在箭头上的乌头毒被称作一箭封喉的毒品。

那么乌头的毒性究竟是什么造成的呢？现代医学研究证实，乌头被用作毒药，是因为所含的有毒成分乌头碱。乌头碱的毒性很强烈，人只需服用3~4毫克就出现心慌、心悸和心律不齐，甚至心搏骤停。

新疆草原上常见的有毒植物还有黄花大戟和光果大戟，这两种大戟科植物均为恶性毒害草。光果大戟是多年生草本，平均株高75~120厘米，在生境好的草地可达150厘米以上。丛径50~80厘米，最大可达100厘米以上。每丛有植株

15~30个。根粗长,褐色,茎直立。光果大戟的根茎叶内有白色乳浆。在生长季节,光果大戟的茎叶受到伤害,立即会从伤处冒出像牛奶一样的液体。光果大戟乳浆中含有二萜类化合物、生物碱、黄酮、香豆素等,对皮肤和黏膜有强烈刺激作用。

其他草原有毒或有害植物还有苦豆子、苍耳、小花棘豆、天仙子、骆驼蓬、醉马草、曼陀罗等。其中,小花棘豆和醉马草毒性较大。

人类识别毒草最简洁方法就是观察牛羊是否采食。当然,其中也有特列,北疆春秋草原成片分布的阿魏就是之一。阿魏不仅无毒,而且是一味治疗多种疾病的草药,并且可作为春天一道风味独特的野菜食用,但是,由于其植株具有一种强烈的刺激性气味,牛羊等牲畜对阿魏向来不闻不问。

谁动了我们的奶酪

对于人类而言,天然草地是畜牧业的饲草基地之一,草地产草量的多少,直接影响着畜牧业的发展。对于啮齿类动物来说,牧草的优劣,同样关乎它们的生存。不过,现在的话语权掌握在人类的手中,因此,谈起草原啮齿类动物我们首先想到的是鼠害。

　　鼠类动物大多以植物为食，生活在天然草地的鼠类大都以禾本科、莎草科、豆科和杂类草中的优良牧草为主要食物，而这类野草恰恰也是家畜的奶酪，人与鼠之间的矛盾不可避免的就这样发生了。

　　草原鼠种是一类组织结构复杂，并且具有强烈的类似"部落"意识的生命群体。它们的采食行为与家畜在食物来源上展开了争夺，它们建造房屋的挖掘活动则切断或损伤植物根系，影响植物的生长发育，甚至导致植物死亡。春季牧草返青前后，是多数草原鼠类大兴土木的时期，它们挖洞时把大量的下层土壤推到地面，在洞口前形成大小不一的土丘，在土丘覆压下，一些顶土力弱的优良牧草均黄化而死亡，降低了草群的生产力。此外，草原鼠的房屋一般选址于肥力最丰富的土壤层，是草原植物的养料源泉，草原鼠在这一沃土层挖洞造房，结果肥沃的土壤翻到地面，土壤中的水分也随着变化大量蒸发，遇到干旱多风的天气，这些疏松的土丘往往随风飘起，导致土壤肥力的大量损失。

　　草原鼠不加控制的活动，还能够引发这样结果：优良牧草减少或消失，适口性差或有毒植物得以保存并大量滋生，使原有植物群落的种类和数量发生变化，甚至失去互相依赖和制约的关系，处于不稳定的状态，并向新的稳定方向发展，从而导致草原植物群落的演替。

若干年前，我在和布克塞尔蒙古自治县查干库勒乡的草原上遇到一个叫乌木尔扎克的牧民，他给我讲了这样一件恐怖的事情。鼠害发生的年份，草原上遍布密集的土堆，土堆下面隐藏着无数陷阱。假如在这样的区域骑马驰骋，马蹄一旦踩塌鼠洞，摔个人仰马翻是幸运的事情。弄不好，则会发生马腿折断，骑手伤残的事故。

　　自治区治蝗灭鼠办公室副主任林峻说，对于草原鼠害的防治，并不是要灭绝老鼠，而是一种合理的控制，也就是将老鼠的数量控制在一定密度之内。假如草原上的老鼠真的灭绝了，一个完整的生物链就断了，结果就是一场草原生态灾难。

　　新疆草原鼠主要有赤颊黄鼠、黄兔尾鼠、旱獭等，草原上还分布着一种神秘的家伙：鼹形田鼠。顾名思义，这种老鼠长相如鼹鼠，大小则与田鼠相似。其中，旱獭大约有两种，北疆草原常见的是体型与褐家鼠相当的小旱獭。乌恰县海拔2000至3500米山地草原上则分布着大旱獭，这种旱獭体型肥硕，最大的体重在7千克以上。

　　危害草原植被的有蝗虫和毛毛虫还有西伯利亚蝗和小翅雏蝗以及鳞翅目毛虫，俗称毛毛虫。鳞翅目毛毛虫的幼虫以牧草茎叶为食，一旦爆发，如果不加以人工防治，常常毁灭爆发区域整个草场，此类灾害多见于天山北坡草原。毛毛虫羽化之后就是我们所说的美丽蝴蝶。在蝗虫防治方面,目前,新疆引进粉红椋鸟灭蝗技术走在了全国最前列。

人文草原

游历新疆草原,尤其是北疆及东疆草原,人们轻易就能够发现草原先民遗留下来的古墓葬、岩画、草原石人以及类似英国麦田怪圈的草原怪圈等人文痕迹。这些古人留下的遗迹遗址与天然植被相融,形成了新疆的人文草原景观。

中亚草原历史复杂,历史沿革悠久,正所谓后来者总是占据前人的地盘,文化叠压现象非常普遍。写作此稿之前,我刚刚从北疆牧业大县托里县返回乌鲁木齐,前往托里县的目的是调查当地新发现的罕见的胡须墓的情况。

北疆(中亚)草原常见的草原古墓有土堆墓、石堆墓、石围墓等几种类型。欧洲草原有石堆墓,却未曾见胡须墓。据说,中亚及俄罗斯亚洲草原地带也曾发现类似墓葬形制,但未曾见研究报告,由此,有专家推断胡须墓可能是中亚草原文化的一种特有现象。

实际上,不论是胡须墓,还是其他墓葬形制,人们能够看到的不过是地表以上的现象,至于墓葬下面埋葬的民族属性、文化背景等需要通过发掘才能断定。

在托里县考察胡须墓之际，一时兴起，我曾记录下这样一些文字：牧归的羊群陆续走出胡须墓所在的草原。天空阴霾，大地新绿。刮一场风，可能会给草原带来一场春雨。停车驻足在草原上，重新审视胡须墓，然后，顺着胡须墓的八字，放眼灰蒙蒙的南方，我期待与古人的对话。

　　这是某种灵魂与灵魂的对话。有一刻，我似乎听到了来自草原深处的脚步声。咕咚，咕咚，咕咚，脚步声越来越近。我看到一队身披兽皮的古人走过草原。我依稀记得这些古人是游牧的斯基泰人，也就是古老的塞种人。不久，强悍的匈奴、柔然、月氏、乌孙出现在草原上。接下来鲜卑、突厥以及唐王朝征讨突厥的大军呼啸而过。契丹……当成吉思汗的马队走过草原，草原上的胡须墓引起伟大的汗的注意……

　　成吉思汗肯定对分布在草原上的岩画也产生了兴趣，或许他还在战争空隙，饶有兴趣的研究了岩画所要表达的思想。放牛、牧马、嬉戏，这些岩画分明反映了草原先民的生活场景。这是什么？长生天，我们的先民与我们何等相近。有了人口，部族不就人丁兴旺了吗？

　　神秘怪圈、古墓葬、岩画、草原石人等等，草枯了又荣，它们在草原上沉默了成百上千年，它们要告诉我们什么呢？这片草原曾经发生过的一切。

正如成吉思汗灭契丹，并将这一带草原分封给其子窝阔台一样，一拨又一拨古代游牧民，走过了中亚草原，在长达数千年的草原文化历史当中，多个草原先民在这里留下了数不清的遗迹，同时，也把无数个人类之谜留存了下来。

托里县发现的胡须墓都处在草原古墓葬群之间。这种现象似乎印证了自治区考古研究所研究院张平先生的推断，他说，可以肯定的是"胡须墓"为古代中亚游牧民墓葬，其奇特的葬俗可能与古代宗教或崇拜有关。

土堆墓和石堆墓遍布中亚草原，这类墓葬由于数量众多，其中不乏巨型大墓，因此备受人们关注。从现有考古资料来看，大土堆墓（石堆墓）很早以前就引起了盗墓者的关注。或许由于这个原因，近现代考古工作者对这类墓葬的研究相对多一些。其先驱是沙皇时期的俄罗斯及后来的苏联。我国对草原古墓的研究起始于20世纪80年代以后，其中最大的考古发掘活动在伊犁河谷。成果最丰富发掘为巴里坤兰州湾子及东黑沟遗址。

2004年6月，自治区考古研究所研究员吕恩国在伊犁河谷主持发掘了一座高6米多、直径61米的草原大墓。墓室还没有完全打开，墓道两侧就露出了三个古老的盗洞。此前，吕恩国先生主持发掘了多座类似大墓，这些大型古墓表面上看坟堆完好，剥开坟堆，盗洞便出现了。盗洞的年代，大多是在墓主下葬不久留下的。苏联考古工作者对此类墓葬进行发掘过程中也遇到了相同的问题。

那么草原上这些巨型古墓下面究竟埋藏着什么宝贝，在古代就引起盗墓者的垂涎呢？

黄金是人类最早发现和使用的贵金属。古人对太阳充满了狂热的崇拜，在他们看来，只有太阳能给人类带来光明，黄金有着与太阳相似的神秘光芒与色彩。古人相信，闪烁着灼灼光芒的黄金就是太阳的化身，拥有了黄金就拥有了至高无上的权力与财富。盗墓者惦记的正是草原古墓黄金宝藏。

苏联考古工作者曾在伊塞克湖地区，一座未被盗掘的草原古墓内挖出8000多件金器。我国考古工作者则在昭苏县一座草原古墓不远处，一次发掘出土了80多件金器。因此，有专家推到，早期巨型土堆墓（石堆墓），只要没有被盗掘，其中必然埋藏有黄金。黄金的出产地则为阿尔泰山。遗憾的是没有被盗掘的大型草原古墓已经十分罕见。

目前，流传在北疆草原上有草原古墓主人的传说主要有两种：一说草原古墓是乌孙人的墓葬；另一说是突厥人的墓葬。乌孙人和突厥人都曾经是游牧在新疆以及中亚地区的古代民族。通过现有考古发掘材料，学界普遍认为草原古墓黄金宝藏属于塞克后期或乌孙早期墓葬。

新疆草原的魅力远不止我所记录这些文字。如果你想体验真实的新疆草原，不妨亲临新疆，放眼四野，然后，将目光专注于一平方米的草地，试一试能否数清眼前的植被有几种，草丛下面有多少小动物，每一根草茎承载了多少草原文明的历史。

相关链接

巴音布鲁克草原：巴音布鲁克草原位于天山山脉中部的山间盆地中，四周为雪山环抱，海拔约2500米，面积22000平方公里。这里地势平坦，水草丰盛，是典型的禾草草甸草原，也是新疆最重要的畜牧业基地之一。水源补给以冰雪融水和降雨混合为主，部分地区有地下水补给，形成了大量的沼泽草地和湖泊。巴音布鲁克蒙古语意为"富饶的泉水"。清乾隆三十六年(1771年)，土尔扈特、和硕特等蒙古部，在渥巴锡的率领下，从俄国伏尔加河流域举义东归，清政府特赐水草肥美之地给他们，将他们安置在巴音布鲁克草原和开都河流域定居。巴音布鲁克草原上还栖息着我国最大野生天鹅种群的天鹅保护区、避暑胜地巩乃斯森林公园、拥有可治病温泉的阿尔夏景区等。

那拉提草原：地处天山腹地，位于"塞外江南"的伊犁河谷东端,总面积400平方公里,平均海拔1800米,年降雨量在880毫米左右,年平均气温在20℃左右,三面环山,巩乃斯河蜿蜒流过,这里山峦起伏,绿草如茵,既有草原的辽阔,又有溪水的柔美。近几年,那拉提风景名胜区依托得天独厚的自然景观、浓郁的哈萨克族民俗风情及横贯南北疆的交通优势,吸引了成千上万的游客,一跃成为伊犁旅游业的龙头。

主要游牧民:新疆游牧民主要有哈萨克族、蒙古族、柯尔克孜族、塔吉克族等。哈萨克族、蒙古族等游牧民族主要分布于北疆草原;柯尔克孜族、塔吉克族等游牧民主要分布于天山南麓与帕米尔高原接壤的帕米尔高原上。

杨树林里的戏法

一片林地——不论面积大小，人工林或自然林——就像一个完整的生命体，每天每月每年都在以它们自己的方式运转。我常常进入林地，尤其是新疆最普遍的各类杨树林，在收获了新鲜空气和美的景色之时，我发现了不同的杨树林在不同季节的一些小戏法——杨树蘑菇。

冰点魔幻

去年初冬，我在托里县采访，赶上当地第一场雪。天气转晴，草原上最低气温降至零度以下。这天下午，我们在多拉特乡采访完毕，当地一位朋友提议顺路到老风口林场采蘑菇。我大吃一惊，冬天岂有蘑菇可采？

这位朋友笑而不答，带着我们穿过草原，一路赶到了老风口林区东部一片杨树林。11月末的林区笼罩着一种灰蒙蒙的落寞、萧条之气。林地边缘干枯的、足有半米高的蒿草，似乎在刻意提醒着我们——现在是初冬，一个万物凋零的季节。

持续的秋旱抽干了植被和大地的水分。前一天，落在草原上的雪，似乎还没来得及融化，即被干渴的世界吸吮的没了踪影。我踢了踢脚下的土地，脚下冒出一股黄色粉尘。如此干燥的沙土地，怎么可能有蘑菇？想到这儿，我甚至懒得走进这片毫无希望的林子。

几个朋友倒是劲头十足，下了车，趟着野草，眨眼钻进了林子。不大工夫，林子里传来惊喜的呼喊。他们竟然找到了蘑菇。

忙不迭跑进林子，朋友们均是采蘑菇老手，一路扫荡所经之地的蘑菇，已经进入林子深处。寻着地上翻动的痕迹，扒开地面一片杨树叶，不曾想竟连根拔出一个火柴盒大的新鲜蘑菇，看看露出的沙土地，树叶覆盖的地表松软且有潮湿之气，最稀罕的是沙土拱起的一片小沙包，下面竟然藏着一个个稀罕的蘑菇。采个蘑菇观察一番，菇体简直就像襁褓中的婴儿般娇嫩。我只能说大自然太不可思议。

附近还有一片未翻动的树叶，扒开树叶，下面也有蘑菇。不过，这些蘑菇菌盖大多残缺不全，从残缺部位痕迹来看,显然有啮齿类动物抢了先机。

我还在兴头上,天色却暗了下来。清点收获,一个小时时间,我们4个人至少采了5千克蘑菇。蘑菇个头大的如同火柴盒,小的如杏子。遗憾的是菇体上沾满沙土,怎么吃呢?朋友却满不在乎道:不碍事,有办法,有办法。

回到县城,这位仁兄打了几桶井水,一顿淘洗,蘑菇露出嫩生生的本色,嗅之,气味芬芳。下锅炒菜,品之,滑爽无比。

秋天眩晕

秋天,杨树林里的景色非常可人。高大的杨树,最先领略了秋夜的寒冷,叶子变成了耀眼的金黄色,下层空间的杨树叶依旧绿意浓浓。大树和小树,林子边缘和林子里面的树木,就这样高低错落,内外有别将一片片林子装扮成了色彩斑斓的世界。

秋天的杨树林里大致有三种食用菌。一种生长在林间空地,色泽呈棕褐色。杨树林地上生长的这种杨树蘑菇,个体最大者如青皮核桃,成片生长。这种蘑菇外表不好看,菇体在采摘碰撞之后,受伤部位很快会变成深褐色,蘑菇味亦不浓郁,但是,用其下菜、煲汤,风味及口感却别有一番滋味。

　　杨树林里还有两种生长在杨树树干或伐木桩上的蘑菇。这两种野生菌形状大小基本一致，不同的只是菇体的色泽。一种即是普遍栽培的平菇。另一种，形状虽然与平菇几乎没有二致，但是，其色泽却呈温暖的黄色，菇体稍老，色泽则接近金黄色。

　　平菇是优质食用菌之一，营养价值高是其一，据说，平菇还有抗癌功效。我曾经在一截白杨树树干上采到一簇足有2千克重的野生平菇。还有一次有趣的经历发生在一截腐朽的青杨树干上，地点在塔城市快活林。我在林子里晃悠，发现了树桩上的把戏，当时，这簇蘑菇刚刚萌发，蘑菇菌盖只有杏核大。我决定等蘑菇长大再采，于是，我划拉了一些树叶翻盖在树桩上。第二天，蘑菇比前一天大了一倍。第三天，蘑菇更大了。我担心果实被不速之客占有，将大的蘑菇采了下来。然后，又盖上树叶……野生平菇与温室平菇相比较，其风味比人工种植的强百倍。

　　我曾两次在巴尔鲁克山一片山杨树林中采到黄色杨树蘑菇。或许这种蘑菇是平菇的变种，问题随之而来。山杨林中可找到野生平菇和这种黄色的杨树蘑菇，但是，在平原杨树林我只发现过野生平菇，未曾见黄色的杨树蘑菇。会不会是我孤陋寡闻？

夏季色彩

去年夏天，我在阿勒泰采访，途径一片杨树林，下车小息。随便在林子里走一走，在一棵粗壮的青杨树树干上我有了新发现，一种我从没见过的黄色蘑菇。

枝叶繁茂的大树遮蔽了林间的光线，林子里显得有些黯淡。这簇长在树干上的蘑菇，犹如灯盏，以一种靓丽的黄色炫耀着它的姿色。蓦然看到这簇蘑菇，警觉油然而生。大自然的生存法则当中写着这样一条戒律：美丽的色彩背后，往往隐藏着陷阱。对于这簇蘑菇而言，我想当然的从其色彩上判断，此物可能有毒。

有毒归有毒，客观而言，这簇蘑菇美的或者高贵的简直能够让人窒息。自然界当中的黄色，有土黄、灰黄、深黄、淡黄、姜黄等等，它们或黄的过了，或黄的不够赏心悦目，或黄的有些单薄，或黄的衰败等等，总之，在我以往的审美取向当中除了蔷薇花和委陵菜的黄色之外，其他天然的黄色很少能够打动我。

以往，我见到菌类，判断其是否有毒，出发点是在食用上。这株蘑菇给我的感觉却不同，我首先是从欣赏一朵艳丽的花的角度，判断其是否属于有毒之物。褐灰色的树干，鲜嫩的黄色,确切的说是生命的黄色,鲜活的生命的黄色。树干与蘑菇,二者之间色彩反差之大,简直让人有些不知所措。但是,这株蘑菇就这样大胆突兀的依附着树干,扎眼的生长着。

该蘑菇形状大小如羊肚子,没有明显的菌盖、菌柄之分。我用随身携带的小刀,完整的将这株蘑菇从树干上取了下来。捧在手中,有某种绒绒的湿滑之感。轻轻捏捏蘑菇,手指竟然染上了黄色。蘑菇很嫩。嗅之,菇香浓郁。

后来,我查了一些资料终于找到了这种蘑菇的出处。此菌属多空菌类,学名当中有"硫色"二字,该蘑菇鲜嫩时可食,且具有药用价值。

这不免让我由"硫色"想起硫磺。硫磺在食品工业领域具有神奇的漂白作用,蒸馒头用硫磺熏一下,馒头即白嫩如女性肌肤。经硫磺熏蒸的银耳,其色泽同样会发生意想不到的变化。难怪此菌名称中有"硫色"字,命名者对其命名过程中,大约想到了硫磺色,进而联想到了硫磺的神奇功效,于是,它才有了硫色层孔菌之名。

春天旋律

人工栽培的不同菌种对温度和湿度等有着严格的要

求。我们熟知的平菇属于中温出菇蘑菇,阿魏蘑菇则属于低温出菇蘑菇。野生菌类同样如此,这就是人们在一片林子,不同的季节可以采到不同杨树蘑菇的原因。

杨树林里还分布着多种有毒菌类,如民间称"狗尿苔"、各种"鬼伞"等菌。这个小标题之所以使用"旋律",其原因是我听说"鬼伞"之类的菌类,有的具有至幻作用。由此,我想起曾经看过的一段记录野生动物生活的电视片。

片中一头小熊误食类似"鬼伞"样的蘑菇,之后,小熊神情恍惚,随即酩酊大睡,睡梦中,小熊四肢不时舞动。解说词配音,此时小熊进入迷幻状态。我有点担心小熊的生命,不曾想小熊一觉醒来,精神状态似乎更佳。

现实社会许多人追求迷幻状态,一些作家企图以此达到创作高峰。近年来,还有一种非常流行的"迷幻摇滚"。我理解迷幻大概是一种忘我的幸福状态。冒昧的想一想,情形大概这样:轻柔的波浪……相互交错的优美的曲线,在缤纷的色彩中回环往复……

文字可以这样描述,人却不能在有毒蘑菇上造次。屡见不鲜的误食有毒蘑菇丧命的消息,足以让任何人对野生蘑菇心存疑虑。

大自然真是奇妙无比,它以无形之手执掌着大千世界,以繁复多端的手法,变幻天空大地。最能体现其神奇之处的莫过于它所创造的菌类。想一想，真的不可思议，一场雨水，大地上林林总总的蘑菇就让我们眼花缭乱。实际上，我们所见的蘑菇不过是菌类世界中的大型真菌而已，放在显微镜下，你会发现，人们肉眼能够看出形状的蘑菇不过是菌类世界的万分之一，甚至更少。

雨夜阿拉善

阿拉善，蒙古语为温泉之意。据说，阿拉善沟一共24眼温泉，名头较大，引人追捧的温泉主要有胃泉、心泉、招子泉及几眼对关节疾病有疗效的温泉。

听雨

7月是阿勒泰山最美的时节。前往阿拉善的头一天，天气预报说，山区将有大到暴雨。早晨从福海县出发时，天果然阴了，遥望阿勒泰山方向，偌大的山脉被乌云生吞了一大半儿。驾驶员担心遇到山洪，我心里反倒期望碰上些小麻烦，为阿拉善之行添点悬念。

我们的车刚刚爬上盘山公路，倾盆大雨泼了下来。几分钟之内，路面左侧悬崖上跌下一道道水柱。雨水在左侧路边汇合,形成浑浊湍急的水流。水流顺着公路流淌几十米,在前方转弯处漫过公路,扑向幽深的山谷。

这是一种发人深省的场景,高空陨落的雨水,偏要奔向深渊。水究竟是什么呢?

按常理,夏天的雨来得突然,去得也快。这天的情况却很反常,一路近百公里连绵的雨水,熄灭了山的热量。我们抵达阿拉善沟,如同进入寒气逼人的水帘洞。

头顶是枝杈横生的森林上层空间,密实的针叶空隙是灰沉沉的云。四周是挤成一坨的大小毡房,湿滑泥泞的草地小径,简直没有落脚之地。松针劈开雨水的刷刷声,阿拉善河暴涨的河水冲击树干、岩石的喧闹,加剧了心里的寒冷之感。同伴们添衣、换鞋。咱脚蹬凉鞋,除了一身夏装,剩下只有一层"真皮"外衣。潇洒归潇洒,心底却免不了犯嘀咕——好冷。

接连找了几个毡房,终于有了落脚点。我发现雨水和寒冷带来的并不都是糟糕之事。这种情形就像我们中途参加一个盛大的音乐会。初来乍到,我们只顾四下寻找座位。现在一切过去了,我们找准了自己的位置,滚烫的奶茶去除了身体里的寒气、清炖羊肉填饱了肚子。

夜色黯淡,裹着被子,躺在毡房,听……雨点时急时缓敲打毡房,嘭嘭的响声,犹如雨夜深处逃逸而出的某种生灵,急欲叩开毡房,寻找温暖、干爽之地。

听……雨点敲打世界的声音……听……雨水叩响心灵的声音……灵动之音,天庭与大地合奏的音乐……暗夜美妙的晚歌,阿拉善的小夜曲……

臆想

我不能不在雨的小夜曲引导下,进入虚幻的臆想状态。阿拉善是通向红山嘴口岸的必经之地。两地之间除海拔3000来米的哈龙达坂,其余路途均沿卓尔特河切削出的深谷而行。

鲁迅先生说,世上本没有路,走的人多了也就成了路。红山嘴对面为蒙古国巴彦淖尔省,清朝时期这一带则是中国西北边疆政区科布多。科布多管辖以阿尔泰山为中心的蒙古高原西部及准噶尔盆地北至斋桑泊地区。其中、科布多连接准噶尔盆地北部的路既是卓尔特河谷。

一代代人走过了卓尔特河谷,路在无形中延伸、形成了。走过的人没有留下身影、名字和脚步。但是,路毕竟是人踩踏而出,即便路长久荒芜,被河流淘洗的面目全非。我们走在路上,依旧可以感觉某种熟悉的气息。这种气息迥然于自然,亦非凭空而至。

多年来，我一直试图找到一个明晰的答案，解读在路上的这种感觉。我甚至在许多曾经走过的路上做了标示，期待下一次踏上同一条路有所收获……

像一条河流，小夜曲舒缓的流向通往红山嘴的路。夜曲流经之处，时空发生倒流。刷刷刷，春夏秋冬、男人女人、商贾、军旅急速返回原点。其中，似乎有个伟大的汗王在这条道上盘桓许久。不会是成吉思汗吧？

即便一代天骄成吉思汗又能如何？从他踏上这条路，不也一去无返吗？那么路是什么呢？公平？公平只是相对而言，世间本没有公平之事。公正！对，是公正。路就是公正。没有人能够代替我们走路。我们脚下每一寸路，都需要自己亲身丈量、体验。

我找到了苦苦追寻的答案。

信众

早晨5点15分，无梦而醒。听听外面，除了阿拉善河发出的哗哗声，没有其他动静。同伴们依旧悍然大睡。我摸索着走出毡房。雨虽然停了，空气却完全被雨水浸透。天昏苍苍的，如同一块吸足水的抹布。

不会下雨吧！踌躇片刻，我向816个台阶之上的温泉走去。前方隐约有个人。真早呀。我加快脚步,追了上去。石级上蹒跚着一老妇。她胸腔里发出的气喘之声,令人不忍。我欲帮她爬上前面的石级,老妇拄着腰部喘了一阵儿,勉强微笑着,谢绝了。我不能替代她走路。

气喘吁吁爬至半山腰,两个背着水壶,相互搀扶向上攀登的老妇挡住了路径。她们攀登的速度只能算一个台阶,一个台阶的向上挪。我不想她们因给我让道耗费宝贵的体力。再者我的体力亦到了极限,我停下步伐,观望眼前的阿拉善沟。

黑夜依旧将醒未醒的统治着世界。胃泉方向的松林飘出腾腾白色雾气。感觉就像下面的林子里,一众伙夫架着蒸笼蒸馒头。也许蒸包子……荒山野地,谁会一大早在此开火做饭蒸包子! 雾气处不正是神话的诞生或鬼祟的温床?

两老妇人听到我在后面弄出的声响,几乎匍匐着身体坐在石级上,让开了道儿。我送给她们敬佩的一瞥。其中一老人擦着汗,向我颔首示意。

虔诚的信众。招子泉能够为年轻妇女带来孩子。胃泉和心泉可以帮助治疗相应疾病。还有几口温泉对关节疾病有疗效。都是祖辈们传下来的经验。沐浴或畅饮温泉,返回时再带上几壶温泉水。信则灵。

爬到山顶,天将大亮。乘人烟稀少,赤条条沐浴一番。冰凉的空气,滚烫的泉水。猛然想起昨夜同伴讲的温泉故事之一。

落雪之前,护林人员、牧民以及在温泉疗养的人下山了。阿拉善恢复清静。农历新年前夕,大雪覆盖的阿拉善会突然热闹几天。猫在大山深处的淘金者、挖宝石者,纷纷从老金沟、新金沟等地跋涉几十公里前来泡温泉。他们带着干粮,将身体淹没在泉水当中。然后在雪地上跑几圈,降降体温,接着泡。

泡去上年晦气、霉运,泡来新年吉祥平安、财运。然后,继续上路。

草原上的塔巴馕

托里县哈萨克特色食品市场的近20个摊位，几乎都摆着一摞一摞的塔巴馕，这种外形类似馕，却不是出自馕坑的烤面饼，外表黄澄澄的，看着就让人眼馋。盛夏时节，记者在托里县对塔巴馕做了一番了解。

在该县库甫乡采访期间，正巧赶上哈丽达在毡房前烤制塔巴馕，她告诉我，塔巴馕是哈萨克族牧民在传统游牧生活当中总结出的一种方便、快捷的烤制面饼方法。草原上，所有的妇女都是烤制塔巴馕的高手。

烤制塔巴馕的关键环节有两个，牛粪火及两口尺寸相等的生铁平底锅。程序大致如下：在地上清理一个小坑，放入干牛粪，点燃牛粪。等牛粪变成红色炭火，把面饼放入一口平底铁锅，然后，将另一口平底铁锅扣在面饼锅上，埋进牛粪火中，大约20分钟，外脆内软，饼香诱人的塔巴馕便烤熟了。

当然,烤制塔巴馕的发酵面团也很关键。和面时面团当中添加适量煮肉时撇出的动物油,或酥油以及盐,牛奶多的季节用奶子和面等,目的就是为了让烤制出来的塔巴馕松软、可口,面香诱人。

记者望着红彤彤的牛粪火,免不了担心埋在火堆下的面饼烤焦。哈丽达呵呵一笑说,牛粪火温柔,不像煤炭火。说话间,哈丽达用火钳将平底锅从火堆掏了出来,打开扣在上面的平底锅,一阵馕香顿时弥漫开来。

在草原上,平底锅的用处远不仅仅是烤塔巴馕。家里来了客人或者邀请大家帮助剪羊毛、擀毛毡等工作,草原上的妇女们还要烤制一种带肉馅的面饼。大概做法如下,洋葱,肉泥,调料拌馅,和好面团,做成薄面饼,放入平锅,10分钟肉饼就熟了。在牧区,平锅还可以烤制饼干、面包等食品。

过去,塔巴馕是草原上主要面食之一。随着托里县旅游业的兴起,外界游客喜欢上了原汁原味的塔巴馕,于是,催生了托里县的塔巴馕市场。夏天旅游季节,来哈丽达家旅游、观光的客人,品尝过塔巴馕,临走时,往往要买几个塔巴馕。偶尔,也有城里的商贩定制塔巴馕,然后拿到托里县哈萨克特色食品市场销售。

坐在家里就可以卖塔巴馕,哈丽达对自己烤制的塔巴馕受到游客青睐,感到非常自豪。

该县哈萨克特色食品市场一个叫阿曼太的老板告诉记者,塔巴馕能够被更多外界人士了解和品尝,与当地哈萨克族特色食品市场有着密不可分的关系。他卖的塔巴馕都是他老婆亲手烤的,保证是真正的传统味道。当然,客人如果想要真正来自草原的塔巴馕,他们也可以到草原上订购,不过这样需要一些时间。

"其实,城里烤的塔巴馕与草原妇女烤的没有多大区别。"阿曼太说。

地道的塔巴馕需要用牛粪火烤制,近年来,塔巴馕卖的火爆,城市里干牛粪出现了短缺现象。找不到足够的牛粪,城里的哈萨克族妇女们想出了一个新式烤制塔巴馕的方法。找一口大铁锅,在铁锅里点燃牛粪,然后再将装好生面饼的两口平锅放置其中,这样既最大限度保持了烤制塔巴馕的温度,节省了燃料,烤出来的塔巴馕也风味依旧。

据介绍,在托里县市场上一个塔巴馕价格5元,客人即可以买现成的,也可以按照需求订购。记者掂起一个塔巴馕,沉甸甸的,与其他馕相比,塔巴馕价格合理,的确实惠。当然,最关键的还是塔巴馕来自草原,风味独特。

党参故事

　　网上有条消息，称国内党参的价格比去年高出4倍多。读罢这个消息，我想起7月初在阿勒泰山卓尔特河谷邂逅党参的经历。

　　当时，我们的车出了点小问题，师傅说需要耽搁点时间。在车里窝了个把小时，我巴不得下车活动活动筋骨，于是，我告知同伴徒步先行一步。我邀请同车福海电视台王呈同行，这家伙年纪轻轻竟然偷懒。

　　独自上路，沿卓尔特河谷逶迤而行，一路看不够盛夏阿勒泰山秀丽的自然风光，身旁竟然无人分享这份难得好景色，遗憾之余，想到王呈，随即回忆起王呈等人昨夜几乎一晚没睡，我才意识到错怪了王呈。

　　王呈曾经说过这个季节正是阿勒泰山党参开花的时节。为了弄到这种稀罕物，每年到这期间，山里的淘金及挖宝石者,无论如何都得抽出时间,挖点党参,补补身子。党参为中医常用的传统补益药,具有补中益气,健脾益肺之功效。现代研究,党参含多种糖类、酚类、甾醇、挥发油、黄芩素葡萄糖甙、皂甙及微量生物碱,具有增强免疫力、扩张血管、降压、改善微循环、增强造血功能等作用。此外对化疗放疗引起的白细胞下降有提升作用。但邪盛而正不虚者不宜用。

我曾在北疆天山一带见识过党参,遗憾的是每次都在党参花期之后。据说,党参开花之际,带有浓烈的刺激性芳香。一些大型杂食动物往往循着党参的花香,刨挖党参根茎,食之,以达到强壮体魄之目的。新疆有许多野生芳香植物,如百里香、新塔花、千叶蓍、野薄荷、黄花蒿、党参等等花香。

福海人认为党参有公母之分,此说在淘金者当中尤为盛行。公党参个头小而坚硬,母党参个大且口感好。一座山上党参再多,它们都是一公一母老党参的后代。两老党参生长在山的最高处,公母结合,撒落种子,一代接一代向山下传播,因此,山越高党参根茎越大,反之山势越低,党参也就越小。

淘金者中流传老党参药效烈的传言,因此,淘金者挖党参的目标首先在高山,然后才是山坡等区域。

王呈坚信党参有公母之分,我对此却不以为然,查阅了一些资料,大致内容如下:党参植物全世界约有40种,中国约有39种,药用有21种,4变种。中医党参入药主要有素花党参、川党参及其同属多种植物的根。我估计,淘金客所说的公母党参很可能是不同品种的党参而已。

黑黝黝的伽师瓜

很久以前,一个肤色黝黑,名叫库赛的年轻人被洪水冲到了伽师县,由于惊吓,他忘记了家乡的名称。库赛落水时正在地里种瓜,口袋里还剩下一把瓜种,他只好定居下来,并将剩余的瓜种种到新家的大田。

当年8月,库赛种植的甜瓜熟了,同村的人们品尝了库赛的瓜,大吃一惊,外表看来与库赛一样黑黝黝的黑甜瓜,瓜瓢却红似玛瑙,吃到口中又甜又香。人们便将这种黑瓜称卡拉库赛。意为"黑库赛"。

杏花林里品香瓜

从乌鲁木齐出来时,天气还有些春寒料峭的感觉。没想到一千多公里外的伽师大地已经杏花满园,绿草遍野,一派春光灿烂的景象。

　　或许是为了给我这个客人一个意外的惊喜，当地相关人士竟然抱出一个黑不溜秋，由于储存时间过久，表皮已经缩水的甜瓜请我品尝。三两刀下去，哇噻，外表丑陋的黑瓜，橘黄色的瓜瓤俨然透着一种亮晶晶的诱人之色。食之，冰凉清脆，香甜宜人。伽师瓜是新疆著名的甜瓜品牌之一，但是，上年的伽师瓜能够储存到来年杏花开放的时节，而且品质口感丝毫不受影响，这样的瓜真的不多见。

　　伽师瓜耐储存的秘诀，首先是这种瓜自身的表皮有一层蜡制物质。这种物质锁住了伽师瓜的水分，因此，在长达半年的储存过程中，即使瓜皮出现脱水，形成难看的褶皱，瓜肉依然可以保持新鲜。伽师瓜超长的耐储存现象，还与流行在当地民间的一种奇特的储藏方式有关系。

　　数年前，伽师县为了扩大伽师瓜的储存数量，招商引资建了一座大型保鲜库，但是，出人意料的是，在现代保鲜技术条件下，储存时间不到三个月，伽师瓜就出现大量变质情况。不得已，原计划储存伽师瓜的保鲜库只好改做了葡萄等水果库房。

　　当地原始保鲜方法既有趣又切实可行。伽师瓜成熟之后，瓜农首先将储藏伽师瓜的瓜房清扫干净，地面铺上一层沙子，然后将瓜整齐摆放在沙子上面，封闭好门窗既可。室外温度降到冰点之后,瓜农会在储藏室内放一碗凉水。如果凉水表面结冰,瓜农会牵一只绵羊饲养在储藏室,依靠绵羊的体温增加室内温度。如果饲养一只绵羊,不足以融化水碗表面的冰,瓜农将增加储藏室饲养绵羊的数量,直到水碗里的冰刚好融化为止。

我品尝的伽师瓜正是采用这种方式储藏过冬的瓜。

八月卡拉库赛香

伽师瓜专家该县农业技术推广中心栾作涛告诉我,伽师瓜最早有31个品种,目前,还有23个品种,其中,主要种植的有8个,面积和产量最大的则是卡拉库赛。

栾作涛对伽师瓜的历史了然与胸。伽师是古丝绸之路通往中亚的重镇之一,素以盛产甜瓜而著称。现有研究证实,早在1500多年前,当地便种植着与目前广泛种植的卡拉库赛类似的甜瓜品种。到了元代,伽师瓜已经成为文人墨客吟诵的对象。

据说,乾隆皇帝宠爱香妃期间,曾经命令当地朝贡伽师瓜,因此,伽师瓜也有贡瓜之名。1958年,伽师县曾经向中央赠送伽师瓜,香甜爽口的伽师瓜赢得了中央领导的称赞。1992年,伽师瓜则在北京卖出了有史以来最高的价格:一箱

4个瓜,14千克,卖了120美元。

伽师瓜对种植区域要求非常严格,目前产区集中在克孜河下游沿岸的7个县市,总面积114万多公顷。超过这个地域,即便能够收获黑油油的伽师瓜,其内在品质也发生了很大变化,不能与伽师县等地出产的伽师瓜同日而语。在种植过程中伽师瓜还存在一个有趣的现象,伽师瓜似乎也明白自己的优势所在。同样的瓜种,在原产地长出来的是黑瓜,换了其他地方,同样的瓜种长出来的瓜大多数变成了土黄色。伽师人因此玩笑说,伽师瓜懂得保护自身的品牌。

每年3月26日,是伽师瓜大面积播种的日子,播种时间一般需要一个月时间,这样播种的原因,一个是错开伽师瓜上市的时间,还有一点是避免集中浇水,引起灌溉水紧张问题。

伽师瓜生长期间,有一项工作是必须要做的。伽师县夏季气温炎热,地表温度不适合瓜类生长。同时,瓜地周围的水渠边或空地往往分布有大量的苦豆子,骆驼刺,干草等植物。瓜农们便收割这些野草,然后将其铺在瓜沟内。一方面降低了地温,并起到很好的保湿作用,同时,这些新鲜的野草还是不错的有机肥,如此方法种植而成的伽师瓜品质可想而知。

伽师瓜传奇

许多人知道伽师瓜好吃，恐怕未必知道伽师瓜自身还有许多令专家们疑惑不解的秘密。其中，伽师瓜种子不需要休眠即可以萌芽生长，就是让人费解的事情之一。

相传1986年以前，当地种瓜的季节到了，瓜农便抱着几个甜瓜下地了。瓜农收拾好土地以后，围在一起，切开甜瓜，一边吃瓜，一边休息。瓜吃光了，瓜农的体力也得到了恢复。他们拾起地上的瓜子，随手撒到地上，盖上土，几天之后，瓜苗便破土而出了。

栾作涛开始听到这个说法时，诧异之余，简直有些不可想象。按照他在大学里掌握的知识，瓜类的种子，脱离母体之后，必须要经历一个相应的休眠期，然后才能萌芽。也就是说，一般瓜类留做瓜种的瓜子，必须要经过洗种、晾干、休眠等工序，才可以下种。难道伽师瓜与其他瓜类不一样？

有一年春天，栾作涛和几个朋友吃了一个伽师瓜。他计划将瓜子当种子，正准备洗瓜子，突然有急事，他便将瓜子放到了车里。第二天下午，他猛然想起车里的瓜种。当时，天气非常热，栾作涛估计没有清洗的瓜种很可能已经霉变了。打开车门一看，瓜子不仅没有霉变，而且萌芽了。

伽师瓜另一个另类表现同样有趣。很早以前，人们就发现储存到来年春天的伽师瓜，瓜肉似乎浸透了油脂一般，显得更加诱人了，同时，瓜香也浓烈了许多。

经过多年研究，栾作涛认为，伽师瓜通过一定时间储存，瓜肉呈油光色泽，以及瓜香增加的原因，是由于部分水分散失，糖分凝结的结果。这种情况正如同赫赫有名的阿克苏冰糖心苹果形成油沁色糖心的情况相似。

据说，伽师瓜还有医药效果。对此，我表示一万个赞同。至于缘由，我以为凡是品尝伽师瓜的朋友，都会表示赞同。

伽师瓜的敌人

不论动物还是植物，都有与之对应的制约因素，也就是所谓的天敌。我们常说，人类最大的敌人是我们自己一样。伽师瓜最大的敌人也是它自己。我们知道任何作物在人工种植过程中都存在品种退化问题。伽师瓜同样逃脱不了这个宿命，再好的伽师瓜如果没有品种保护，三五年之后，品种退化就足以毁坏一个品牌。

过去，由于伽师瓜品种较多，伽师瓜种植面积相对较小等因素，伽师瓜品种退化问题并不明显。随着种植规模的增加，优势品种卡拉库赛、奎克伯来等甜瓜的广泛种植，品种退化问题突显了出来。2002年，伽师县开始提纯复壮伽师瓜，到2006年，曾经出现严重品种退化，影响伽师瓜质量的问题得到了根本解决。

栾作涛说，伽师瓜的提纯复壮采用的是自然淘汰法。也就是在实验过程中不使用任何防治病虫害，种子下地之后，除了及时灌溉、施肥之外，任由瓜秧生长、开花、结果。这样做的目的就是完全依靠伽师瓜自身的生命力，完成整个生命过程，进而得到人们需要的抗病能力强，品质稳定的伽师瓜种子。

伽师瓜诱人，一些聪明的植物同样也盯上了香甜的伽师瓜。瓜列当就是伽师瓜的头号植物杀手。不同的只是，我们需要的是伽师瓜的果子，而瓜列当吞食的是伽师瓜植株的营养。

瓜列当是一种寄生在伽师瓜根部的植物。在伽师县，瓜列当一般6月破土，借助吸吮伽师瓜根部的营养迅速成长。一般情况下，发现瓜地里有瓜列当及时拔除即可。但是，由于瓜列当的发生常常呈爆发状，成片生长，人们根本来不及清除，因此，瓜地中一旦出现大面积瓜列当，发生面积内的伽师瓜基本上就报废了。

这几年，栾作涛一直在进行瓜列当的防治研究工作。他认为瓜列当具有识别能力，否则瓜列当不可能对伽师瓜造成毁灭性的危害。在这个前提下他的研究方向已经确定,从瓜列当的基因上改变这种害草,让瓜列当无法识别伽师瓜,在瓜列当的种子萌芽之后使其找不到寄主,饿死瓜列当,从而达到防治的目的。

　　瓜列当对伽师瓜等植物有危害,却是具有药用价值的一味草药。

　　大自然就是这样充满魅力。

马铃薯故事

新疆人习惯称马铃薯为洋芋或土豆，新疆人常吃的酸辣土豆丝则有"国菜"之美名。深秋时节，我在新疆疆达薯业有限公司了解了一些土豆专业知识，写成此文，这些文字或许能够帮助我们对土豆有些更深的认识。

任永红的土豆

新疆疆达薯业有限公司董事长任永红是甘肃定西人，他的家乡地处沟壑纵横的黄土高原，土地贫瘠，干旱少雨，农作物主要为土豆和玉米。从小学到中学，任永红记忆里最清晰的是每天上学临出门之前，母亲在他书包里塞几个煮熟的土豆的情景。因为，他们这一带土豆几乎是每个孩子的午饭。

有些人因为长年以土豆为主食，长大后对土豆饭菜腻味了，个别反映强烈的人甚至提到土豆胃里就会泛酸水。任永红却不然，他忘不了土豆给他带来的温饱，更忘不掉土豆那种特有的清香味，以至于后来许多食品当中不论添加了土豆淀粉，还是土豆泥，只要闻一闻，然后在舌尖上过一下，任永红就能判断食品中是否含有土豆成分。

后来任永红在北京当兵，退伍留在北京。年轻人心里有数不清的梦想，思前想后，任永红总想在土豆产业方面有所作为，这期间他查阅了大量资料，请教了一批国内顶尖薯类农产品专家，对土豆逐步有了科学的认识。土豆是一种介于粮食和蔬菜之间的好东西，我国土豆种植面积排在世界前列，但是，国内土豆产业却远远落后于西方发达国家。

此时，正好任永红老家谋划发展土豆淀粉产业，却苦于技术和资金无法解决来找任永红。任永红答应试试看，他找了几位专家，其中有位专家告诉任永红，世行有发展土豆产业的项目，如果能够争取到世行项目，资金即可迎刃而解。至于技术，只要与科研院所和高校建立联系，问题也很简单。

上苍很公平，任永红对土豆的爱，最终成就了他土豆专家的身份及土豆事业。

2007年初，作为中国最年轻的土豆专家和企业家，任永红来新疆考察土豆种植情况。定西土豆种植历史悠久，当地的自然环境却注定了无法进行大规模机械化种植土豆，他要寻找广袤平坦的耕地，做大中国土豆产业。2008年，任永红将企业转移到了拜城县。

土豆渊源

我生在北疆塔城，童年记忆当中同样充满土豆的滋味，但是，这种印象只是停留在食物的层面而已，对于土豆的营养价值及在我国的种植历史一点也不知道。

资料上是这样描述土豆的：马铃薯，多年生草本，一年生或一年两季栽培。地下块茎呈圆、卵、椭圆等形，有芽眼，皮红、黄、白或紫色。地上茎呈菱形，有毛。奇数羽状复叶。聚伞花序顶生，花白、红或紫色。浆果球形，绿或紫褐色。种子肾形，黄色。多用块茎繁殖，可入药。

野生土豆主要分布在安第斯山脉及其附近沿海一带的温带和亚热带地区。土豆在原产地有数百个品种，土豆传播开来之后，世界各地不断地培养新品种，目前全世界有几千个品种。其中既有世界著名品种，也有区域性优势品种。

有记载土豆传入我国只有100多年时间，任永红认为早在元朝末期及明朝初年，土豆即通过丝绸之路及海路大量进入中国。而在更早，土豆就作为食物随商旅以丝绸之路进入了西域及河西走廊。新鲜土豆耐储存，便于携带，商旅们驮一袋土豆，沿途即可煮食、烤食，也可炒菜、炖煮配菜等。

新疆目前种植的土豆品种则有十几个，人们常见有红皮土豆、黄皮土豆、紫皮土豆、白皮土豆等，地下块茎有圆形、卵形和椭圆形，有含淀粉比例较高，适合作为主食的，也有适合作为蔬菜食用的。这些土豆品种均来自甘肃。

任永红说，2008年联合国推出"国际马铃薯年"的活动，旨在提高公众对马铃薯在提高粮食安全和减少贫困中的重要作用的认识，促进马铃薯的生产、加工、消费和贸易，并帮助一些发展中国家筹集资金用于加强农业研究。

当年年末，联合国粮农组织发布了题为《重新认识被埋没的宝物》国际土豆年回顾报告。报告指出，土豆是世界头号非谷类食品，是人们食物的一个重要组成部分，且富有营养，有益于人的健康。土豆可以在土壤比较贫瘠、气候比较恶劣的条件下进行种植，对世界粮食安全具有十分重要的意义。

意外收获

大约在清朝中期，甘肃等地民间便发现使用土豆淀粉生产凉粉及粉条技术。我国工业化生产土豆淀粉的企业诞生于1937年齐齐哈尔，现代土豆淀粉生产企业则出现在宁夏。2000年以后，随着社会对土豆食品及药用价值新发现，土豆淀粉生产企业蓬勃发展起来。

甘肃盛产土豆，土豆深加工产业也走在了全国前列。任永红投资新疆，看好的是土豆淀粉产业及下游产品。然而，企业运转起来，土豆淀粉年产销量达到两万吨，任永红及企业员工却因为吃不到称心的土豆粉条犯了难。不得已，任永红腾出一间小厂房，利用现成技术和原料生产了一批专供公司职工食用的粉条。

所谓无心插柳柳成荫，粉条生产出来了，任永红敏锐地发现新疆土豆种植虽然较广，但是，却没有生产土豆淀粉粉条的企业，尤其是土豆粉条中的高端产品水晶粉。新疆市场年需求水晶粉约6000千吨，产品主要来自东北等地。

任永红立即上马了水晶粉及水晶粉皮、水晶粉丝生产线，开足马力加紧生产。此举，不仅填补了新疆水晶粉及土豆淀粉粉条生产空白，并且赶上当年春节销售旺季，取得了产销两旺的好开端。当年水晶粉产销量即达到了千吨，产品基本满足了南疆市场需求。

水晶粉是采用淀粉当中最优质原料生产的高档粉条产品，由于其煮熟之后黏度高，口感爽滑，透如水晶而得名。还有一点非常重要，采用土豆淀粉生产的粉条和水晶粉不仅没有怪味,而且带有淡淡的土豆香味,备受市场青睐。

　　意外收获远不止水晶粉一项。对农业种植稍有了解的人都很清楚,要想获得好收成种子是首要条件。土豆是采用无性繁殖的作物,培育土豆种子技术要求非常高。最初,任永红并没有做土豆种子的计划,而是采用了从甘肃购买的方式。三年下来,一算账,仅此一项,任永红累计耗资就多达一千多万元。与其花费巨资引进种子,受制于人,不如利用公司与科研院所之间的联系,建设自己的种子繁育基地。

　　目前,该公司投资5000多万的全封闭"土豆原原种组织培育楼"主体建筑已经完工。明年初即可投入使用,他们培育的原原种马铃薯将可满足新疆对马铃薯原种的需求。

黑美人与未来

　　疆达薯业有限公司院内有一块面积约一亩的土豆地,从地面土豆植株来看,它们与常见的土豆植株没有多大区别,但是,剥开地表,露出地下土豆块茎,我颇感意外,这些土豆从里到外竟然呈黑紫色。

　　这种土豆色泽不咋的,名称却很有趣——黑美人。黑美人同样是任永红引进新疆的一种高科技土豆品种。广州等地,一公斤黑美人至少60元以上。

　　黑色土豆之所以呈现黑紫色，是因为其含有大量的花青素，现有研究证实，花青素具有显著抗氧化功效。而人体衰老，说白了就是细胞氧化的结果，花青素具有的显著抗氧化功效，为人类的长寿提供了可能，黑美人土豆的"美"和价格昂贵即在于此。

　　任永红说，花青素能够保护人体免受一种叫做自由基的有害物质的损伤。同时，花青素还能够增强血管弹性，改善循环系统和增进皮肤的光滑度，抑制炎症和过敏，改善关节的柔韧性。另外花青素同其他天然色素一样无毒无副作用，安全性能高，着色色调自然，更接近天然物质的颜色，亦可作为天然颜料。

　　生产土豆淀粉过程中，还要产生大量废渣。以年产两万吨淀粉的企业计算，一年即产生7000吨废渣。数年前废渣还是令人头疼的废物，不过现在这些废渣已经变成了宝贝，提纯膳食纤维。

　　膳食纤维是健康饮食不可缺少的，膳食纤维在保持消化系统健康上扮演着重要的角色，同时摄取足够的纤维也可以预防心血管疾病、癌症、糖尿病以及其他疾病。膳食纤维可以清洁消化壁和增强消化功能，同时可稀释和加速食物中的致癌物质和有毒物质的移除，保护脆弱的消化道和预防结肠癌等。因此，膳食纤维又有着"肠道清洁夫"的美誉。

　　任永红说,小土豆的确是开发不尽的食品宝贝。7000吨废渣,至少可生产3000吨膳食纤维。明年该公司将上马膳食纤维项目。

蜜蜂写真

春天来了,百花开,百鸟鸣,蝴蝶纷飞采花蜜……沙枣花开的季节,我在福海县采访,掩映在沙枣林间的一排排蜂箱,让我想起许多年前读过的这些文字。

年轻老人

沙枣林中的放蜂人叫汤新明,60岁。汤新明是个性格开朗,实际年龄与面相差距很大的年轻老人。谈到养蜂和蜂蜜,汤新明有说不完的话。

1967年汤新明开始在河南信阳独立养蜂。1972年,汤新明听说新疆日照时间长,昼夜温差大,农作物花蜜产量高,带着蜂箱来到吐鲁番。吐鲁番天气太热,汤新明举家抵达福海,随即喜欢上了这里,并且把家安在了福海县。

前些年，每到花期汤新明带着蜂箱在全国及全疆各地采花蜜。这两年汤新明的蜂场发展到5000蜂箱，年产蜂蜜200多吨的规模。蜂场规模大了，汤新明把出外放蜂的工作交给了孩子，他主要蹲守在家里。当然，汤新明身边少不了得留下几十箱蜂，打发时间。

笔者接触过不少养蜂人，汤新明给我的感觉却很另类，花甲之年的汤新明，表面看起来至多不过50岁的样子。他的谈吐举止也颇有些专家的意思。谈了一阵蜜蜂和花草之事，我恍然明白，汤新明身上的另类是知识的魅力。他喜欢看书，而且善于思考。尤其"退休"之后，汤新明总喜欢思考蜜蜂与人的差异。

放蜂人和蜜蜂的命运极其相似，干的是甜蜜事业，也是最辛苦的工作。一年追着花蜜四处漂泊，有时候还得忍气吞声，苦在其中，乐在其中；蝴蝶用美丽的翅膀欺骗了许多人，其实，蝴蝶所谓的"采花蜜"不过是在花蕊间产卵，干着传宗接代的营生。这些想法就是汤新明思考的结果。

我想了解汤新明的养生秘诀，他大咧咧地说，一天三盒烟，抽了40多年，从来不咳嗽，多年也没有患过感冒。秘诀在于一年四季没断过吃蜂蜜。

汤新明吃蜂蜜的方法主要是冲开水。他还用蜂蜜做红烧肉、红烧鱼之类的菜肴，据说，色泽和口感比白糖强得多。

蜂蜜解酒的功效也很显著。

对于放蜂人来说,常吃蜂蜜还有一个好处,一般情况下不会遭到蜜蜂叮咬,即便被蜜蜂叮咬,也不会有大的反应。

沙枣花蜜

蜜蜂自身并不会生产或合成蜂蜜。人们常说蜜蜂采蜜,其实就道出了蜜蜂的工作的特性——从植物花蕾当中把蜜采集出来。许多朋友因此误以为有鲜花就有蜜,其实不然,人类种植的农作物及自然界当中的大部分植物其实不分泌蜜,即便分泌蜜也达不到生产商品蜜的要求。这也就有了蜜源植物和辅助蜜源植物之说。

蜜源植物指数量多、分布广、花期长、分泌花蜜量多、蜜蜂爱采、能生产商品蜜的植物。主要包括:荞麦、油菜、向日葵、红花、芝麻、芝麻菜、棉花、紫花苜蓿、草木樨、紫云英等;果木类的柑橘、枣、荔枝、龙眼、枇杷、刺槐、椴树等;野草中的香薷、老瓜头、水苏、薰衣草、麝香草等是蜂群周期性转地饲养的主要蜜源。

辅助蜜源植物指种类较多、能分泌少量花蜜和产生少量花粉的植物,如桃、梨、苹果、山楂等各种果树,以及瓜类、蔬菜、林木、花卉等。辅助蜜源植物的主要作用在于调剂蜜蜂食料供应，同时在蜜源植物流蜜期到来前培育青壮年蜂。

蜂蜜是蜜蜂的粮食，在等待蜜源植物流蜜的时间段，蜜蜂同样需要吃饭。一般情况下，放蜂人通过投喂白糖满足蜜蜂的日常消耗，有了辅助蜜源植物，蜜蜂即可自己解决部分吃饭问题，放蜂人则节省了大笔购买白糖的支出。

新疆属于干旱性大陆气候，南北疆分布有大片人工或天然沙枣林，每到沙枣花开的季节，我们常常可以看到沙枣林当中放蜂人卖沙枣蜜的情景。其实，新疆大地的多数沙枣树并不是蜜源植物，因此，所谓沙枣花蜜自然也是无稽之谈。

汤新明跑遍了新疆乃至中国大地，他对新疆的蜜源植物可算得上了如指掌，他认可我掌握的情况，接着他话锋一转道：也有特殊情况，福海县的沙枣花就产沙枣蜜，当然其产量远远赶不上油菜、葵花、棉花等作物。

鬼子（强盗）来了

说话间，一只漂亮的鸟掠过汤新明的蜂箱，飞进了沙枣丛。汤新明说鸟叫蜂虎——黄喉蜂虎——专吃蜜蜂的坏家伙。接着，他感慨地说，辛勤的工作并不见得有好的结局，就像我们人一样，好人能够赢得大家赞誉，但是，并不见得就能善终。小人尽管恶毒,却能够猖獗一时。历史上这种例子多得是。

蜜蜂有许多天敌,蜂虎是最厉害的家伙,它们大小像麻雀,蜜蜂在飞行过程中这家伙也能得手。一只蜂虎,一天至少能吃掉50个蜜蜂(书上这样讲的)。前几年,有一家蜂场来了一群蜂虎,几天工夫,险些吃光了蜂场的蜜蜂。蜂场在蜂箱前拉上网,一上午抓了十几只蜂虎。蜂虎嗜食蜂类,不利于养蜂业,但它也吃昆虫,尤其是白飞蚁,有益于农业。福海县蜂虎最多的时候在8~9月,尤其在靠近林带的地方。

内地有一种大蜻蜓也非常厉害,这种蜻蜓逮住蜜蜂先咬断蜜蜂头与身体的连接部位,然后,吸吮蜜蜂的内脏。对于农作物而言,蜻蜓是益虫,但是,对养蜂人来说,蜻蜓绝对是杀手。不过,在新疆汤新明还没有发现对蜜蜂造成真正危害的蜻蜓。

蟾蜍,就是癞蛤蟆,同样是养蜂人不容忽视的大敌。这家伙一旦发现附近有蜂箱,成群结队的爬到蜂箱前,守在蜜蜂家门口逮蜜蜂。有一年,在海子边上放蜂,癞蛤蟆多的不得了,汤新明只好挖一个深坑,把逮到的癞蛤蟆丢到坑里。

蜜源植物和蜜蜂的天敌是养蜂人必须掌握的知识,否则,再勤劳的蜜蜂也不会给养蜂人带来效益。

蜜蜂与天敌之间的关系就像人之间发生的许多事情一

样。在旁观者看来,蜜蜂的确非常勤奋,为了工作甚至不惜累死。但是,在蜂虎及其他天敌眼里,蜜蜂就是它们的食物,只要它们愿意随时可以吃掉任何一只蜜蜂。

从蜜蜂的角度而言——如果蜜蜂有思想——蜜蜂当然希望天敌死光光,但是,一旦天敌死光了,蜜蜂可能也存活不下去。世界本来就是如此,竞争不可避免,嫉妒与宽容,崇高与卑鄙,没落与新生等等,世界需要阳光也需要黑夜,有了黑夜我们才知道阳光的温暖。

汤新明的生活原则是,绝不用别人的错误惩罚自己。

为蜜而亡

养蜂采蜜,给汤新明带来了幸福生活。生活在延续,汤新明的思考也在进行中。蜜蜂也有王,但是,所有的蜜蜂只有一个目的就是采集更多的蜜。

盛花期,我们称流蜜的季节,我的蜜蜂至少有三分之一累死。这种结局是崇高,死得值。人就不一样了,许多所谓的操劳实际上与权势和利益密不可分。

采蜜期蜜蜂的生命只有几十天时间,当它知道体力支撑不住了,它会找一个离蜂箱很远的地方独自消亡。否则我的5000箱蜂,光清理死蜜蜂也来不及。

人就很难说了,一旦权势在握,顺我者昌,逆我者亡,什么事干不出来?蜜蜂不会因为自己采的蜜多就可以当蜂王。蜂王同样不会因自己不出外采蜜而嫉妒其他蜜蜂,蜂王的任务就是传宗接代,其他蜜蜂要么采蜜,要么看家护院。大家各司其职,该干啥干啥,秩序井然。

汤新明对蜂蜜造假行为极为不齿。他说,干任何事情都不能因为眼前一点小利失去本分。人应该学学蜜蜂。养蜂人每天与蜜蜂打交道,不学好的,反倒弄虚作假,迟早得遭报应。你看看,造假的……假奶粉……有毒奶粉……多大的一个奶粉厂,一夜之间,垮了。怪谁呢? 自作自受。

汤新明的思考给他带了明智,他的诚信养蜂之道则给蜂场带来信誉。流蜜季节还没有开始,厂家订购蜂蜜的订单就下来了。

前几年,汤新明蜂场出产的蜂蜜从台湾转道出口美国,赢得了美国消费者的认可,从此,每年厂家便提前与汤新明签订收购蜂蜜合同,堆在汤新明住房一侧的大铁桶就是即将灌装蜂蜜的容器。

南湖鱼来了

三面环山的塔城盆地是美丽富饶的，盆地中辽阔的库鲁斯台草原，水流平缓的额敏河,盆地腹地南湖湿地一望无际的芦苇荡，次生林，千百年来，演绎着一个完整的生态体系。8月10日,在打草季节接近尾声的时候,我怀着对南湖湿地憧憬来到这里,然后,带着必然的思考离开了这片已经干涸的湿地。

沙里木江的记忆

人与自然的关系是一篇大文章。面对五彩纷呈的大自然,人类不能把自己估计得太高,所谓万物之灵,人类也不能低估了自己。有专家曾这样说过:处理人与自然的关系不比处理人与人的关系简单。处理不好人与人的关系，人会闹；处理不好人与自然的关系，自然虽然不会上访，不会打官司，大自然却会以另一种方式报复人类，惩罚人类。但是，我们不能不承认，在许多时候当发展遇到了环境，牺牲的往往是后者。

常年居住游牧于南湖湿地区域卡拉其里克的牧民沙里木江，顶着炎炎烈日正在堆草垛，季节虽然已经进入秋天，但是，30余年没有遇到的干旱，让这个拥有大小150头（只）牲畜牧民有些无奈。进入7月，门前不远处的湿地就干涸了，往年茂盛的芦苇荡，不久就变成稀疏的荒草地，从7月中旬开始的打草季节，沙里木江首先收割了自己家50亩草场的湖草，随后，又以每亩30元的价格，买了40亩草料。他算计着今年草料至少还有10车的缺口。好在沙里木江的家离农区只有20余千米，草料不够，可以随时到农区买来秸秆，不过他要为此每车多付一倍以上的价格。"如果雨水好，根本不用买草料。今年草湖的产草量比往年少一半。"沙里木江一边挥动着草叉挑着干草，一边说。

沙里木江今年53岁，在他的记忆里，今年的干旱比1974年还要严重。那一年，沙里木江的家还住在20多千米外的塔城市也木勒公社。那一年，由于干旱公社的集体牲畜缺少草料，于是，便组织社员进南湖打草。在此之前，由于芨芨草，芦苇等高草太茂密，南湖湿地中水泽密布，野生动物出没,对于当地农牧民而言南湖几乎就是一个禁区。为了防止人员进入南湖出现不测,打草开始前,公社还专门组织大家开了一个会,讲解了迷路之后依靠太阳或星星走出南湖的方法。

出公社向南走5千米,芨芨草的高度就淹没了骑在马背上打草的队伍。他们不得不用锋利的镰刀在芨芨草丛中砍开一条路。人的行动惊动了潜伏在芨芨草丛中的野生动物,不时窜出野兔,狐狸等动物。惊动胆小的马匹,排成行的马队时常一惊一乍的乱了方寸。不久,打草的队伍发现了野猪在草丛里拱踩出来的路,它们就像在草丛中掏出的一条条草洞,将打草队伍带到了人们希望的打草场。

芨芨草和芦苇在当时是属于最差的牧草之一,他们要寻找的是柔软的容易消化的拂子茅、野苜蓿等优质牧草。而在这之前,南湖的牧草几乎是很少利用。没有利用的原因一个是当时牲畜较少,库鲁斯台草原其他区域的牧草足够用,另一个原因就是除了冬天,位于库鲁斯台草原腹地的南湖湿地的积水和沼泽几乎隔绝了这里与外界的一切。

20世纪80年代,塔城盆地建筑用屋顶材料短缺,每年秋冬季节,前往南湖湿地割芦苇的人渐渐多了起来。人们从不同的方向,从湿地边缘开始一边割着芦苇,一边等待着冬天的降临,当湿地中心区域的水塘,沼泽完全封冻之后。人们开始踩着冰凌进入南湖湿地腹地，将这里粗壮的芦苇源源不断的送进城市，然后，捆扎成苇帘子，苇把子等，成为建筑用品。 也正是从那时起南湖的芦苇得到大规模的使用。

沙里木江说："苇子最高的有7米高，到1995年，苇子还有5米高。我觉得不可信，沙里木江有些急了，后来他拉着我让我看他家卧室屋顶的苇子。这间房是沙里木江在1995年建的。

从20世纪90年代起，由于额敏河上游来水的减少，盆地内地下水过度开采，南湖湿地出现急剧萎缩情况。资料显示，1985年，塔城盆地三县一市耕地面积为242万亩，到1999年，耕地面积已经达到407万亩，新增耕地面积165万亩，机井数量则超过3000眼。耕地面积的增加预示着草原面积的相对减少。随即环境问题接踵而至，2000年，塔城盆地连续出现6次大范围的沙尘天气，大自然开始报复人类。

额敏河鱼汛跟春来

在既无大江大河，又远离海洋的塔城盆地，一年一度，却有着一个撩动着塔城、额敏、裕民等县(市)人心弦的春季鱼汛。外人可能不知鱼从何来，塔城人对此却了如指掌。

塔城盆地鱼汛古已有之，鱼从何来?阿拉湖，鱼到哪去?南湖。

横贯塔城盆地中央的额敏河是塔城盆地最大的外流河。它发源于盆地东北缘的山中,一路西行接纳了来自塔尔巴哈台山中的十余条支流,水量有了明显增加。河水流经盆地腹地南湖地区,由于地势低洼平坦,在此便形成了大片水泽密布芦苇<u>丛生</u>的湿地。

每年春汛期间,纵贯南湖湿地迅速膨胀,短时间内便聚成了一个面积达几十万亩的汪洋泽国,南湖因此而得名。春汛过后,南湖湿地丰沛的积水开始外泄补充额敏河,这种情况一直持续到秋季。千百年来,南湖湿地就这样一年四季调控着额敏河水。穿过南湖湿地,额敏河向西南越过国境,注入境外烟波浩渺的阿拉湖。

大概是南湖湿地气候湿润、水草丰美之故。不知从何时起境外阿拉湖的鱼类养成逆水而来、越境到南湖产卵的习性。每年额敏河春汛期间,从阿拉湖启程到南湖产卵的鱼儿便成群集结激流勇进,展开一场生死攸关的,不需要办理出国护照的跨国行动。鱼群必须得逆着汹涌的洪水,在最短时间内抵达南湖产卵,然后乘春洪未退之际重新返回阿拉湖。而鱼卵在暖暖的春日下,时间不长便孵化成数不清的鱼苗,经过一个夏季的生长,秋高气爽之日,小鱼乘湖水外泄尚未干涸之际,游出这片湿地,返回阿拉湖。

事实上,不论大鱼还是它们的后代,在这一年一次的生存大挑战中,回到阿拉湖的都很少。大鱼一般逃脱不了遭捕捉的命运,鱼苗则多数在夏季结束前,便被困在南湖一团团互不相连的水洼中,成了鸟类的美食。

早年间,塔城盆地的打鱼人极具子承父业的传统。打鱼多数是自家食用,以及图个打鱼时的热闹。一般是数人结伴而行,不论打鱼多少,最多待一个星期左右就回去。然后,大伙将打的鱼平均分配各回各家,做成熏鱼等食品。近年来随着人们市场意识渐浓,汛期打鱼开始充满商业味道,打鱼工具也先进了许多。

每年4~6月是额敏河春汛期,这期间额敏河水量会陡然增加数十倍,湍急的洪水漫过南湖之后,在下游巴什拜大桥附近溢满深五六米、宽达数十米的河床,这种情况一般持续二十余天,正可谓是黄金鱼汛期。有经验的打鱼人,汛期头两天除了进驻打鱼地段,观察水势鱼情,一般不下网捕鱼,以避开随洪水漂流下来的树枝木棒等杂物。额敏河汛期打鱼,多数用的是一种长达四五十米、网帘高5米左右的流网。使用方法是用流网拦腰截断水流,河两岸分别有数人扯着网端的绳索,随渔网顺水而行。起网时间要看上网情况而定。起网后摘完鱼,要么下网,继续向下游走,要么返回原地重复以上工序。赶上鱼群,一网下来至少能打七八十千克鱼。打鱼虽然充满乐趣,却也是一件很危险、劳动强度较大的苦差事。由于汛期短,鱼群回游集中,所以打鱼人这期间的一切工作都根据洪水和来鱼情况安排。

早几年,由于额敏河上游及支流无人工截流,汛期额敏河水极为丰沛。打鱼路线从边界线算起,向盆地内可延伸30余公里。人们既可以在激流中下网拦截,也可以在南湖撒网捕鱼。鱼类主要有黄鱼、鲤鱼、狗鱼、牙鱼、鳊鱼、鲫鱼等。大黄鱼有七八公斤重,还曾捕到过18千克重的鲤鱼。近年来,由于各种原因,额敏河汛期水量急剧减少,南湖湿地逐渐干涸,鱼已无产卵地可言,来鱼种类和数量都发生明显变化。黄鱼、狗鱼、牙鱼等已基本绝迹。据说,今年汛期打鱼人曾捕到一条9千克多的鲤鱼,在市场上以近千元的价格售出,这不免让人怀念以前以黄鱼为主的鱼汛。

在鱼品种和数量减少的同时,打鱼线路也从南湖向西南一路下退到巴什拜大桥以西到国境线附近不足10千米的河道内。尽管汛期越来越短,来水量大不如从前,来鱼品种减少,产量大幅下滑。但是,各种各样的打鱼人却越来越多。春汛期间,这段河道上往往是数百人齐集河两岸,往来穿梭。短短一个汛期下来,仅塔城市市场就能上市30吨左右肉质鲜美的阿拉湖鱼,鱼价高出地产鱼三四倍,依然供不应求。

燃烧的火焰

现任塔城地区草原站站长梁卫国，1984年参加工作之后，就来到草原站驻地南湖卡拉其里克。当时南湖打草场面积在60万亩左右，其中湿地面积占1/3以上。草原站的前身则是1963年成立的南湖防火队。

南湖损失最严重的一次火灾发生在1962年10月23日，那场大火烧死2人，烧伤5人，南湖过火面积300平方千米。梁卫国亲自经历的南湖大火则发生在1991年。那场大火之后，以及随后几年持续干旱，南湖湿地就像伤了元气一样，植被再也没有恢复到大火之前的水平。提起那场大火，梁卫国便想起当时空气中弥漫着的焦糊味，以及大火之后南湖湿地的惨状——视野中一片黑乎乎的灰烬，有些地方还在冒着青烟。湿地中的柳树林也不能幸免，枝枝杈杈的就像倒插在大地上的烧火棍。

草原站的工作，在许多年里主要任务就是防火。茂盛的植被和地上厚达一米左右的腐殖质，导致南湖地区每年秋季几乎都要发生火灾。历史上南湖火灾以自燃为主，后来随着人类活动的增加，人为因素比例逐渐大了起来。

火焰舔舐着干燥的芦苇，形成的火墙，几十米之外都难靠近。人们只好用车辆碾压隔离带。阻止大火蔓延。在南湖湿地救火是一件非常危险的工作，随时可能出现的风向改变，导致大火改变方向，陷入沼泽等等不可预测的事件随时可能发生。当然，大火也并非都是坏事。过火之后的湿地，来年芦苇和其他草类，会更加茂盛。

沙里木江对南湖的大火充满恐惧。在他的记忆里，每次南湖发生火灾的时候，天空也像点燃了一样，变成红色。从远处看大火，景色非常壮观。如果大火是从南向北蔓延，站在沙里木江家的屋顶上常常可以看到，从芦苇丛中逃出来的各种野生动物向北面逃跑的影子。但是，不管大火从那个方向发生，沙里木江的首要任务就是，防止自己家的草垛子被野火引燃。多年南湖居住的经验，虽然每年秋天，沙里木江提前就把住房附近上百米范围内的芦苇，野草割了下来，以此形成一圈防火带，但是，一旦被大火包围，情况依然是很危险的，幸好每次都是有惊无险。

梁卫国站在草原站旧址的空地上，指着四周荒凉的干草原说，以前完全不是这样的，草原站的马跑到草湖里面，人站在房顶也看不见，到处都是两米以上的芦苇、芨芨草、菖蒲。草原站就像陷进草海之中的弃儿，只有芨芨草丛中一条宽约两米，像一条甬道似的土路与外界联系。

春夏秋季节，蚊子多得夜里没法睡觉，几个小伙子就在房间里点着一堆牛粪,用牛粪烟熏蚊子。当时,他们玩笑着说南湖的蚊子带骨头。因为,他们发现被南湖的蚊子叮咬之后,回到塔城市,就有了免疫力,城里的蚊子再厉害,也不会伤害从南湖回来的人。

南湖位于塔城盆地的腹地,草原站虽然所处的位置高于周边,每年额敏河春汛期间,大水还是常常将草原站围困在一片汪洋之中。额敏河在草原站附近出现一个奇怪的现象,地面上的河道消失了,到了每年8月以后最干旱的时节,地表水也看不见了。许多人以为额敏河断流了,实际上,额敏河在4~5千米的距离变成了一条暗河。直到目前依然如此。

寻找湿地

沙里木江有点惊喜的告诉梁卫国,最近几年南湖的野猪和野兔子又多了,尤其是在冬天,成群的野猪经常跑到居民点附近活动,野兔子,特别是雪兔,常常在沙里木江的草垛子里安家落户。去年秋天还发生了狼吃牲畜的事情。当然,这里的蚊子还是那样厉害,隔着衣物,就能刺透人的肌肤。

梁卫国肯定地说这是生态好转的迹象。

从2001年开始实施的严禁在库鲁斯台草原上打井措施，多少缓解了南湖湿地迅速萎缩的消失的势头。近年来，南湖湿地基本维持在十几万亩左右。

从沙里木江家出来，我们沿着干涸的额敏河河床，继续寻找湿地。从塔城市出发前，塔城地区畜牧局干部孙家鹏还在担心出现沼泽误车的危险，但是，眼前的现状，让这位有着多年草原工作经验的干部，大吃一惊。他说，我们所处的位置就是南湖的核心区域了，去年就是在这里，也是相同的季节，他们的车就陷进泥沼之中，最后找来周围十几个打草的小伙子，费了九牛二虎之力才把车弄了出来。

前方出现一片郁郁葱葱的柳树林，在树林的四周茂盛的芦苇宛如南湖湿地最后的证明，显示着在干涸的地表下面还有丰富的水源滋养这片干涸的土地。

从南湖返回途中，我们不时遇到拉草的车辆，干透的鲜草散发出来的气味，让人觉得亲切又无奈。接近农区的时候，草场中间出现大片耕地，孙家鹏指着一块收割过的麦田说："现在草原管理的很严，大规模开垦草原的现象已被杜绝了。但是，农民很聪明的，他们采用渗透的方式，每年春秋季节犁地的时候一米两米的蚕食草原，另一方面，塔城盆地除塔城、额敏、裕民、托里三县一市之外，还有兵团农九师，驻塔解放军、武警等，致使库鲁斯台草原管理工作存在很大的困难。

实际上,这里不过是一个发展与环境保护的问题。表面看来这是一个很简单的问题,正如孙家鹏所说的,把散布在库鲁斯台草原上的所有机井关掉,额敏河上游的水库闸门全部打开,南湖湿地很快就会恢复。但是,人的吃饭问题怎么办?

我们怀念以前的南湖湿地,留恋面积曾经达389万亩的我国第二大优质平原草原——库鲁斯台草原。但是,我们不能否认的一个现实是1949年,塔城地区总人口仅186259人,牲畜总头数为111.6万头(只),到1990年,人口总数已经达到714343人。牲畜总数达303.5万头(只)。因此,不管从理论上来说,还是已经发生的事实而言,对库鲁斯台草原的开发利用,以及由此引发的南湖湿地的萎缩,草原的退化,都是必然的。

山水之思

全长约2500千米的天山，依其走向和地理位置，在我国境内分东天山、中天山、西天山等。金秋季节，天山南麓乌什县境内发现新峡谷消息吸引了记者，经过一番准备，我们从乌什县出发了。

水之力

峡谷位于亚曼苏柯尔克孜民族乡境内。发现峡谷者是该乡两位柯尔克孜牧民。据说，几年前，峡谷所在地还是一系列荒山野地，不知什么原因，峰岭之间就出现了树枝状峡谷，其中，最大的一条峡谷长约4千米，峡谷内危岩高耸。夜半时分，游牧在这一带的牧民常可听到峡谷内岩石塌落出的声响。

我们在该乡联系向导，相关人员说牧民均在山里牧羊，无有向导可找。郁闷之际,一男子自告奋勇,称知道峡谷所在区域。我从其相貌上判断小伙是柯尔克孜族,不曾想却是个来自北疆吉木乃县的哈萨克族小伙。老乡见老乡,话自然多了一些。小伙子是考公务员来到南疆的,南北疆迥异的自然环境让他足足适应了两年时间。

吉木乃县有着辽阔的草原,南疆瀚海连着荒漠。南疆的水与北疆的水就有很大区别。穿过亚曼苏乡的托什干河,意思即是"很厉害的水"。吉木乃县也有洪水,但是,草原上的洪水给人一种"温柔"之感。南疆的洪水却很"硬"。

6~8月为托什干河汛期,其中,7月水最大。洪水来时,混浊的洪峰溢出河道,无情的扫荡裸露的大地。洪水退去,荒原上除了大片卵石,剩下的就是荒凉。

偶然间,人们在大河打磨的卵石当中发现了好东西——奇石。

水真是不可思议,它们将峥嵘的山岩搬出大山,一路走,一路打磨石头的棱角,抵达平原地带,粗犷的大石头变成了圆滑的卵石。在这个过程中石头内部纹理花色,软硬程度,均逃不过水的检查,于是,该露的暴露了出来,该凹陷的凹陷了进去。托什干河的奇石由此诞生。

当地民间有关一块石头暴富一个家庭的故事比比皆是,但是,它们似乎都经不起推敲。说来,国人真是少了传统的古风古韵,一块石头,可以喊出天价。一块烂姜能够包治百病,可笑至极。发财梦和养生梦充斥泱泱大国。国人真该思考思考,生命的本真究竟是何物?有句话说的很精彩,"养生不如养性"。

一个人

置身繁华的都市,我总有一种心灵的孤独感。它就像一个不祥的黑衣女子若隐若现的追随着我。有时候,我觉得摆脱了黑衣女子的纠缠,正在庆幸之际,它又笼着阴霾跳了出来……这或许是现代人的某种通病。

我尝试过许多摆脱黑衣女人的办法,最灵验的方法莫过于一个人在大自然深处漫游。坐在颠簸的车内,我正寻思着如何实施独自徒步荒原的目的。咣当一声,小车冲进一道深沟,发动机熄火了。师傅检查了一下说,水箱里的水开锅,发动机温度太高,车子至少需要冷却半小时。苍天有眼!我信心十足地踏上了自己的朝圣之路。

气温不冷不热,麻黄、锦鸡儿、琵琶材、白刺、盐生草、骆驼蓬、沙葱等荒漠植被覆盖着褐色的砾石荒原。远方,几只黄羊警惕的观察着我。它们清楚我对它们构不成危害,但是,我的出现对它们而言,毕竟是一件讨厌的事情。它们远远地躲开了。

黄羊是荒原的一部分，现在我也是这儿的一部分。我注视着远近的石头、植被，它们同样观察着我。天在很高的地方统治着世界，太阳是这个统治者派来的巡警，它闷着脸，用光梳理着大地山川。我想和这位高高在上的巡警探讨荒原治理问题。它露出不屑一顾的样子。我猛然醒悟，我只是一个被管理者，无权过问此事。

假如我不曾踏上这片土地，我永远不会知道，此刻的亘古荒原吹过什么风。现在我来了，我见证了这一刻荒原上发生的事情。有一天，我去了，此刻的荒原将随我一起消失。太阳，那个上苍的巡警，也会和我一起消失。

老天是公正的，沧海桑田不正是其法度的体现？好事好运岂能让一个人独得。

磨刀石

在峡谷入口处的乱石摊，我们的车又抛锚了。司机说，还是老问题，等发动机冷却下来即可上路。司机显然是个生手，没有意识到以此等车况进山，我们可能要付出的代价。峡谷距离县城至少30千米，这里既没有信号也没有水源，我可不想露宿荒原或徒步几十千米赶回去请求援助。

我让车原地休整，我们徒步进山。事后证明我的决定是对的。我们返程行至距离亚曼苏乡5千米左右，车彻底坏了。

乘车旅行，省了气力，往往也会因此减少许多乐趣。就像这一刻，纷乱的石头崴了一下脚，捡起石头一看，晕倒，崴脚的石头竟然是块水流打造的天然磨刀石。四下看看，乱石滩上还有不少形状各异的磨刀石。

磨刀石，既是沉积岩当中的砂岩。砂岩的形成大致如下，砂粒经过水或风冲蚀沉淀于河床等低地，经地质年代的堆积叠压形成。后因地球造山运动，埋藏地下的砂岩露出地表。砂岩作为磨刀石分粗、细和油石三种，顾名思义，粗磨刀石，适宜磨制刃口较粗或有缺口的刀刃，而细磨石和油石适应磨制精致的刀具等。

石头与水，一个坚硬无比，一个柔弱无形。石头经不起水的淘洗，在这个意义上，水比石头坚硬？磨刀石是用来对付钢铁的，石头与钢铁，一个更比一个坚固。石头在至柔的水当中柔弱如泥。比石头坚硬的钢铁终将在石头打磨之下变成铁屑。有趣而发人深省的现实。

生命何尝不是如此？我们自以为掌握着自己的命运，却不知时间在不觉间已经改变了我们的音容。花一样的姑娘老去了，山一样的少年腐朽了。信不信由你，搭乘最快的导弹，看看你能否赶上不慌不忙的时间的步伐？

同样,对于生命而言,财富和权势就是丁点微尘。

峡谷相

龟兹石窟壁画中有这样的场景,释迦牟尼在祇树给孤独园传道,一再告诫大众,不要执著于我相、人相、众生相、寿者相。这里所说的我相等即指我们所看到的东西,包括我们的肉身均经不起岁月淘洗,不过是虚妄幻想。

来峡谷之前,当地朋友说新发现的峡谷非常奇特。至于奇特在什么地方,朋友却说不清楚。走进峡谷,我弄清楚了这个峡谷的奇特之处。这是一个正在形成过程中的峡谷。通俗地讲,峡谷目前处在幼年时期,在今后的成长过程中,还有许多不确定的因素。

这不能不让人思考石窟壁画中有关"相"的问题。那么我、荒原、峡谷,一切都是虚妄幻想?即便如此,在这个时间段至少我不能回避眼前这个"相"——峡谷。

我所掌握的知识,目前,人们可见的大峡谷,其成因有两种:一是板块运动的结果;二是水流切削冲刷。东非大裂谷既是典型的板块运动的结果。科罗拉多大峡谷则为水流冲刷而成。当然,也有人说科罗拉多大峡谷与板块运动有关,不过,他们并不否认科罗拉多河及降水对峡谷的最终形成所作的贡献。

乌什新发现的这个峡谷，由新生代侏罗纪松软的砂岩和泥岩构成，也称泥岩和砂岩复成构造。这些沉积到地下，缺乏地层高温高压考验的泥土砂石，还没有真正形成我们所认知的"石头"，便随着天山的隆起，重新顶破地层表土，耸立在了天地之间。从硬度上而言，这两种沉积岩的硬度远远不及火山岩和变质岩。因此，在遇到洪水等外力的情况下，这两种岩石很容易分化破碎，变成泥沙。当然，同为沉积岩，砂岩和泥岩的紧密度也有不同，砂岩较之泥岩硬度稍强。这些条件相加，为新峡谷的迅速形成提供了条件。

我们离开亚曼苏进入荒原地带，当地朋友即感慨的告诉我，几年前，眼前的荒原上几乎看不到绿色，但是，这两年情况明显变了。以往干旱少雨的南疆地区，不仅降水明显增加，而且常常突降暴雨，雨水给南疆荒原带来了绿色植被。给荒山秃岭带来的则是一系列突然出现峡谷地貌。

此前，我曾经在新和县探访确勒塔格山的洪水沟和蓝天峡谷，确勒塔格山的岩石构成亦为沉积岩，两条新峡谷均是得益于近几年南疆降雨增多，出现的年轻峡谷。以往，人们所看到的峡谷大多已经成型、走向衰落的峡谷。这些新的正在形成的峡谷，对我们的启示恐怕远远不止于"有相"的地理知识。

苏拉夏的初春

托里县境内庙尔沟山谷中部，有一个名为苏拉夏的旅游景点。春夏秋三季，多有情侣相携而游，并在此一定终身。

二月末，一个即不是苏拉夏旅游的季节，身边也没有异性相陪同，两个男人顺路走进苏拉夏，体味了一番异样的苏拉夏。

往年，这个时候，苏拉夏山谷内的积雪大多已经融化了。去冬今春，北疆雪大，气温持续偏低，我来苏拉夏的前一天，山里又下了一场小雪，因此，通向山谷小道上的积雪尚有5厘米左右。进入苏拉夏山谷，雪地上一串可能是狐狸留下的足迹，一路将我们引到了山谷尽头的一线天。

夏季我曾数次游览苏拉夏，山谷中虽没有高大的乔木，但是，怪柳以及草本植被却异常繁茂。其中，自一线天流泻而出的一股山水，发出的叮咚之声，犹如仙乐，听之令人心驰神往,妙不可言。初春的苏拉夏,寂静主宰了一切。雪以及裸露的山崖,寒以及干枯的植物茎干,给人一种落寞蛮荒之意。

一线天,完全被冰封冻,灰褐色的岩石上因此出现一道冰挂。所谓一线天,其实就是水流冲刷,在岩壁上形成的一道开口。夏秋季,来水量减少的时候,人们进入这道最宽出一米左右的开口,仰天观望,唯见一线蓝天,一线天由此得名。据说,夏季一线天内气温很低,其中的冰块可以维持到7月。

年轻人喜欢来苏拉夏旅游,很大原因是这里流传的爱情故事。苏拉夏,汉语即为情人谷之意。相传,很早以前,有巴依的女儿爱上一个贫穷的牧人,巴依对此坚决反对,后来,这对相爱的年轻人逃入苏拉夏隐藏了起来,并在这里喜结良缘。过了10年,两个年轻人带着孩子和一大群牛羊,走出了苏拉夏。这时人们才知道,苏拉夏山谷内丰美的牧草,帮助这对新人壮大了畜群。从此,这条长不足5千米的小山谷,就落得情人谷之名。

托里县文管所所长李勇对这个传说持有保留意见,因为,在他看来,苏拉夏山谷太狭窄,四周均为直上直下的悬崖,最窄的地方,两辆小车都无法相向而行,根本不可能放牧大群牛羊。

2008年夏天,为了彻底调查其中的秘密,李勇等人借用绳梯,首次穿过狭窄的一线天,攀登4个小时,终于找到了一个四面环山的山谷,谷内植被茂密,没有人踪神秘的去处。山谷一侧的高山上生长着一高一矮两棵松树,它们伫立在高山之上,相依相偎的情景,让人免不了想起苏拉夏的传说。他们找到一个牧民打听山谷的名称,牧民说山谷叫苏拉夏。

这时,李勇等人才意识到人们已知的苏拉夏,不过是真正的苏拉夏的入口而已。实际上,不论结果怎么样,目前,苏拉夏都是托里县一处不错的旅游景点。

两个男人踩着落寞的雪走出山谷,一些体会是这样的:如果你想领略准噶尔盆地西缘夏季山地的秘密,不妨来此一游。如果你想体会苏拉夏初春的寂静,那么——当然,最好是带个女伴,你们可以是情侣,也可以是朋友,或者是陌路相逢之男女,来到苏拉夏走一圈,回去之后,感觉肯定不一样。

西部问天

4月中旬,应中国石油西部钻探有限公司邀请,我走访了克拉玛依、白碱滩、陆梁、莫北等油气田,寂静荒漠,无语天空,钻机的响声,红色工作服……三天准噶尔腹地之旅,茫然和清醒交替左右着我的神思。返程途中,夕阳西下,"西部问天"几个字弹出我的脑海,我似乎触摸到了此行的一些内涵……

腹地之春

离开乌鲁木齐出发之际,气温不冷不热,可谓春光正好。抵达克拉玛依,猝不及防遇到30多度的高温天气,由此及彼,我想到中国石油西部钻探有限公司今春红红火火的开局及深层次发生的管理变化,从何处着手呢? 我感到了一种前所未有的压力。

接下来，"草色遥看近却无"的准噶尔腹地风光，石油工人们一张张黝黑的面孔……陌生的技术术语，精细化管理理念等冲击着我的知识结构和理解能力。我所能做的就是不停记录和观察，生怕遗漏了这个春天发生在准噶尔腹地的精彩瞬间。

50629钻井队是西部钻探的一个榜样钻井队，井队现驻地白碱滩8区，队长名叫夏立俊。他告诉我，去年同一区块打86730井，耗时一个多月，月打井深2368米。刚刚完成的86840井，从开钻到完成不足一月，月打井深3161米。

从两组数字变化方面，我总算找回了一点点信心，不过，我想避开冰冷的数字，找到我所需要的西部与春天相关的气息。

钻机向地下钻探，地下的情况我们无法看到，有句话说：没有天就没有地。于是，我抬头望天，期望通过天空看清钻机钻探的大地。

天空空无一物！那么日月星辰，风云变幻……它们与天空什么关系……不就好比灯与光的关系？灯是光之体，光是灯之用，名虽有别，实为一体。

炽热的阳光烘烤着大地。我们盼望已久的春天莫非潜藏在梭梭、红柳、琵琶柴等形同枯枝的内部？折一根梭梭枝，哇噻！谁说春天姗姗来迟？梭梭爆发的芽蕾嫩生生的爬上了枝条！一天两天至多三天，生命的新绿必将传遍准噶尔盆地。

西部的前脚已经踏进春的门槛儿。

白刺之误

石西油田东北方向为陆梁油气田，前往陆梁油气田途中，古尔班通古特沙漠植被的变化非常明显，占据"统治"地位的梭梭林渐渐稀疏、矮小，取而代之的是一种匍匐沙地、枝干灰白色的灌木。

沙漠上的灰白色枝干不能不让人联想到石油人的硬骨头及钻井。荒漠就是荒漠，来不得半点虚伪。对于生命而言，任何人都清楚我们活不过一粒沙，更何况一个沙漠？因此，在这里工作，谈不上谁战胜谁，只有一种硬碰硬的相持。正如荒漠上分布的裸露着白色枝干的植被，它们就这样明明白白摊铺在沙地上，忍受着春天里沙漠骄阳的暴晒。

我以为有必要搞清这些植被的科属。停车后我草草地看了几眼，折了根枝条，是白刺，一种荒漠植被。白刺成熟果实先红后黑，可食用。嫩叶是牛、羊、骆驼喜食的草料。

回到车内，仔细观察，白刺小枝顶端应该硬化成尖刺状，这个白刺有些不对头。莫非……沙拐枣？

沙拐枣是典型的荒漠植被，其最大的特征老枝干常发生侧横生。资料显示，新疆分布有22种。沙拐枣极耐高温、干旱和严寒。萌芽性强，被流沙埋压后，仍能由茎部发生不定根、不定芽。沙拐枣嫩枝为优良的牧草，花期花香怡人，其花还是荒漠中少见的蜜源植物。

停车找一片植株稍大者观察，主干果然可见侧横生现象，还真是沙拐枣。也难怪我搞错，白刺与沙拐枣枝干均为灰白色，春天无花无叶，差错在所难免。

这里有必要重点说说沙拐枣的花和果。沙拐枣的花和果均艳丽无比，极具观赏价值，其中，红果沙拐枣果实成熟时节，整个植株均被鲜红色的果实覆盖，在荒漠戈壁异常醒目。陆梁、石西等油气田，地处沙漠腹地，钻井工人走的是没人走过的路，钻探的是前无古人钻探的大地，日常工作和生活环境封闭、单调。

沙拐枣鲜艳的花与果，愉悦、慰藉了多少钻井人的心灵？

心灵访谈

在荒漠里待得时间长了，人的性情不知不觉会发生变化，如孤僻、交流困难、反应迟缓等等，国外有人将这些反常行为归之为"沙漠综合征"。古尔班通古特沙漠虽然大部分区域有植被覆盖,但是,这里毕竟地处蛮荒之地,环境恶劣,成年累月生活工作其间,人的习性和耐力无时不经受着考验。

30638钻井队书记胡延柱,54岁,据说,老胡是西部钻探公司干队长时间最长的老队长,他还有可能打破另一个记录:年龄最大的队长。

老胡的面相天生给人一种安全感。大概是这个原因,从队长到书记,又从书记到队长或队长兼书记,就像换戏装,老胡反反复复走过许多钻井队。他笑着告诉我,假如在一年前我来到这个打井队,他还是队长。不论担任队长还是任书记,老胡始终像队里的菩萨,既关心生产,又关心全队的生活,尤其是职工们的家庭及身心健康问题。

老胡说,钻井工人的家庭矛盾多数是由于夫妻长时间不见面产生的隔阂。井队职工思想一般比较单纯,难得轮到休假,工人们回到家总觉着自己在外辛苦,有一种自大心理,具体表现就是家务活啥都不管。有的妻子忍了,有的忍不住发发牢骚,矛盾就公开了。去年,队里就发生了这样一件事,两口子闹到即将离婚程度。老胡听说之后,立即赶回准东驻地,两面做工作。内容无非是丈夫在外难,妻子在家也不容易。最终夫妻双方取得了谅解,破涕为笑,和好如初。

多年野外工作,老胡练就了一双洞穿人心灵的观察能力。个别年轻职工初来乍到,巨大的环境反差,难免使之产生纠结情绪。这种现象往往刚露苗头，老胡便能察觉到。随后心理疏导、生活照顾、工作关怀等等只要井队能做到的，老胡绝不含糊。

老胡还总结出一个行之有效的方法——每年给职工家属发红包。一个红包钱并不多，但是，红包代表着一种理解及对妻子们独立操持家务的肯定。其实，包红包的钱都是职工的，不过是换了一种方式罢了。

荒漠随想

在准东钻井公司克拉玛依项目部腹地协调组组长刘福的移动营房，我与这位达斡尔族同龄人交谈了许久。他说到了石油工业的前景及西部钻探开展精细化管理等等。有一会儿，刘福出去处理工作，我脑子里想着企业管理，目光透过移动房纱窗门，投向不远处的沙丘。

沙丘上分布着稀稀拉拉的梭梭，上年枯死依旧固守着沙地的沙蓬……假如，这一刻我没有将目光投向沙丘，我永远也不会注意准噶尔腹地，沙漠中的这些梭梭、沙蓬沐浴着春日，筹划着属于它们自己的春天……脑子里突然弹出"小隐隐于野，中隐隐于市，大隐隐于朝"的古语……思前想后，我搞不明白何以产生这个念头，只好信马由缰，任由这个思绪枝繁叶茂生长开来。

"隐"类似说法有许多版本，但是，大意及"隐"的目的大同小异。"隐"之思想在我国古已有之。隋唐时期，佛教在我国完成本土化，士大夫所追求的"隐"便于禅宗的佛理有了异曲同工之妙。禅宗所说的"隐"，是双重的，即"自利利他"，也就是以自我的修为帮助众人共同达到禅的境界。遗憾的是许多人所谓的"隐"，完全是为了自保，回避了利他思想。

居庙堂之高若期望以"隐"求取自保，无疑是一种资源的严重浪费，企业高层及员工若存此念亦如此。试想在其位不谋其事，说白了就是"不作为"，这种"隐"与混日子何其相似？其后果对天下及企业危害不言而喻。

石油是高投入高收益的行业，一部钻机上千万，甚至过亿很平常，在管理方面稍微松一松，成千上万的资金蒸发了。精细化管理是责权利的一种明晰，就像细节隐藏在日常生活工作中一样，譬如井架上的一颗旧螺丝，几根电焊条等等，弃之，对于一个坐拥上亿设备的井队而言，简直算不上什么。然而，积沙成塔。工人们从点滴做起，领导从采购招投标、身边一车一行做起，我相信西部钻探的明天一定更美好。

寻找情人谷

托里县加依尔山区有个叫"情人谷"的山谷,据说,情人谷深藏万山丛中,谷内景色奇绝,并且有冰川,外人很难觅其踪影。6月2日,我与当地向导阿斯哈提一起,踏上了寻找情人谷的难忘历程。

情人谷

我参加工作初期,曾在托里县工作过一段时间,结识了几位关系不错的哈萨克族同事。其中,有个叫森巴依的朋友与我关系最密切。森巴依比我大十来岁,当时,他已经30多岁。由于家庭条件原因,森巴依谈了好几个对象,均无结果。

有一天,森巴依说要出去玩几天。细细打听,原来森巴依谈了个对象,姑娘愿意嫁给森巴依,但姑娘的父母坚决反对。森巴依准备带着姑娘私奔。我听到此说，大惑不解。私下以为，出走并不是解决问题的办法。第二天，森巴依没上班。问森巴依究竟去了哪里？有哈萨克族同事告知，森巴依带着姑娘躲到了草原上一个亲戚家。

下午，女方家人来单位找森巴依。单位许多人明明知道森巴依和姑娘的去向，却个个装糊涂，做一问三不知状。

没几天，森巴依的哥哥带着聘礼登门拜访了女方父母，正式向女方家求婚。过了几天，森巴依和姑娘回来了，随后两人举行了非常热闹的婚礼。时隔不长，相邻单位又传出一个男子带着姑娘私奔的消息……两人的结局同样是热热闹闹的进入婚姻殿堂。

我喜欢读书，书中嫌贫爱富的爱情传说和故事多了，却未曾见现实当中男女私奔，最终如愿以偿的事实。在托里县工作期间，我算是开了眼。说实话，当时，我对采取这种极端方式结婚的行为并不完全赞同。

随着我对哈萨克民族文化了解的增多，我意识到这是草原上青年男女为追求幸福爱情所做的无奈，却非常有效的选择，而且，这种方式有着相当的传统。北疆牧区类似的民间故事或传说，简直不胜枚举。

情人谷的故事如下：相传，很早以前，有巴依的女儿爱上一个贫穷的牧人，巴依坚决反对女儿嫁给一个穷小子。这对相爱的年轻人逃入情人谷隐藏了起来。过了10年,两个年轻人带着孩子和一大群牛羊,走出了情人谷。人们才知道,情人谷内丰美的牧草,帮助这对新人壮大了畜群。从此,这条长度约6千米的小山谷,就有了情人谷之名。

游牧人家

2001年夏天,庙尔沟加依尔山莫名山谷内发现冰川之初,我曾经乘车探访过此地。当时,人们主要惊诧于海拔只有2000米的山谷竟然藏着冰川。外界人对这个所谓的发现激动不已,其实,当地哈萨克族牧民早就知道情人谷里有冰川。

情人谷在庙尔沟峡谷中段,路北的高山之间。我记得乘车进入情人谷不过十来分钟工夫,因此,我和妻子及向导阿斯哈提选择了徒步方式。我们刚刚进入山谷,天空忽然阴霾了。接着,一股怪异的冷风从山谷内迎面袭来。仰望山巅翻卷的乌云,随时有降雨危险。

我们加快脚步,一路上坡,跋涉了一个多小时,幽深、狭窄、弯曲的山谷似乎不见底的样子。风吹的越来越紧,天空洒落零星雨滴。妻子累了,问有没有走错。因为,途中山谷曾出现两个分支谷地。我征询阿斯哈提的意见,晕倒! 这位老兄言称他也许多年没来过此地。

阿斯哈提嘱咐我们原地休息,他继续前行,探探情况。不一刻,阿斯哈提转了回来。前面山谷宽敞处,有家牧民。

牧民叫玛哈什,60岁,托里县库甫乡江布勒村牧民,一家5口人常年居住在山谷。玛哈什的职责是看守村里的草场。玛哈什的回答让我松了口气。我们没有走错,情人谷就在他家侧面的山谷。

在玛哈什房前草地上歇息片刻,我示意阿斯哈提该出发了。阿斯哈提说女主人正在屋里烧奶茶。玛哈什邀请我们进屋喝茶。将近半年时间,我没有喝真正的草原上的奶茶,妻子则惦记着酥油及奶疙瘩的滋味。

哈萨克人的奶茶味道非常香醇。传统的哈萨克牧民一天不喝茶会头疼。我对奶茶的喜好达不到不喝茶头疼的地步。但是,在乌鲁木齐偶然想起奶茶的味道,一种刻骨铭心的对故乡的思念便攫住了我的心。

石门深处

阿斯哈提胃口真好!滚烫的奶茶、冰凉的酸奶,还有一种被称为哈萨克奶酒的冷饮,左一碗,右一碗,一股脑下肚,丝毫没有上路的意思。几碗奶茶之后,妻子体力恢复。看看时间，我不得不提醒阿斯哈提。

离开玛哈什家，穿过一道狭窄的通道，山谷逶迤延伸向西北方，东北方绝壁间则赫然出现一个石门。石门最宽处3米左右，透过石门可见门内灌木茂盛，石门之内上方的山体上分布着松林、山杨。

我依稀找到多年前的印象，加快脚步钻过石门，嘿嘿，好一处隐秘的幽会之地。山谷外穿堂风刮的人恼火，情人谷四面封闭，唯独一个石门与外界相通，风想刮也没地儿施展。呼呼的风没了，鸟的啼声来了。鸟语中还伴随着叮咚之声。疲惫之际，闻此声响，犹如仙乐，令人心驰神往，妙不可言。

循着水声，穿过齐腰深的草丛，叮咚之声来自山谷东面的一线天。一线天，即水流冲刷，在岩壁上切开的一道开口。一线天纵深十来米，最宽处约两米左右，两侧石壁高度则有数十米，甚至百米以上。站在一线天外观察内里，阴暗的尽头处，似有白花花墙体。进入一线天，顿觉寒气逼人。仰天观望，唯见一线蓝天。而白花花的墙体正是冰川。据说，冬季整个一线天完全被冰封冻。

阿斯哈提说，尽管他多年未曾来情人谷，却一直关注着这里的情况。他听说，一线天内的冰川已经多年不见。我们能够在6月初目睹一线天冰川，运气真不错。

眼前的冰川犹如一道高耸的冰墙，从上至下堵死了作为通道继续前行的可能。冰墙下部，冰川融水与冰块交融，形成一个冷丝丝的水潭。从冰川的大小来看，我估计今年冰墙至少可以维持到7月。

新鲜劲儿一过，我连连打了几个喷嚏。好冷！阿斯哈提对着冰墙上的一道水柱接了瓶冰川水，灌了一肚子凉水，然后又接了一瓶，揣进兜里。我们退出了一线天。

山杨与松树

情人谷整体面积不足1000平方米，四周均为悬崖峭壁，山阴处分布有茂密的原始松林，其中还杂生着一些山杨树和山楂。

谷地灌木主要为小檗、绣线菊、蔷薇等，灌木丛边分布有肥壮的荠荠菜。这可是无污染的天然野菜！我欲弯腰挖点荠菜，草地上似乎有异物游走——蛇！

新疆草原常见有两种蛇，一种常见于潮湿及水边，叫花游蛇；一种分布于旱地草原地带叫草原蝰蛇。花游蛇无毒。蝰蛇体型粗壮，头呈三角状，剧毒无比。眼前这条蛇身体细长，有点像花游蛇，但是，其头部却没有红黄色条纹。近距离拍摄了几张图片，蛇似乎明白我们没有恶意，钻进几块石头之间，昂着头，吐着信子，一动不动的观察着我们。

蛇的出现影响了我们继续在情人谷内游玩的兴致。

返回托里县城，我就情人谷所见请教了托里县文管所所长李勇。

2008年夏天，为了彻底调查一线天深处的秘密，李勇等人借用绳梯，登上了冰墙融化之后的峭壁。峭壁顶端是一条向东延伸的高山谷地，一线天的来水即出自这个高山谷地。

他们在高山谷地连续攀登4个小时，谷地消失了。接着，群山似乎发生了整体塌陷，万山丛中出现一个四面环山的深谷。谷内植被茂密，没有人类活动踪迹，也不见牛羊牲畜。山谷一侧的高山上生长着一高一矮两棵松树，它们伫立在高山之上，相依相偎的情景，让人免不了想起情人谷的传说。

李勇在附近夏牧场找到一个牧民，打听山谷的名称。牧民说山谷叫情人谷。此情人谷名称的来历，与前面提到的内容相似。至于牧民为何不进入山谷放牧，牧人回答，山谷太深，牛、马和绵羊下不去。

一种新绵羊的诞生

自从人类学会驯化野生动物，用于满足自身生产生活的需要，我们对优良牲畜品种的渴望就从来没有中断过。春回大地，我在巴尔鲁克山脚下裕民县采访，了解了一个新品系绵羊诞生的过程。

巴什拜羊

我国绵羊品系主要有蒙古羊、藏羊、新疆羊三大类，各大品系当中又分许多地方优良品系绵羊。在长期的自然和人为干预的进化当中，受特定的水土光热等条件的限制，一方水土形成了相对稳定的动植物群落。它们相生相克，相辅相成，共同组成了一个丰富多彩的世界。

新疆地处中亚草原文明核心区域，四季分明的气候条件,辽阔的平原草原,富庶的山地草场,冬季气候相对温暖的丘陵和荒漠草原,这些自然条件相叠加,孕育了中亚草原辉煌的古代游牧文明。其中,巴什拜羊就是塔城盆地以裕民县为中心分布的优良品种羊之一,在全疆一直享有盛誉,堪称新疆绵羊的代表之一。

巴什拜羊由我国著名爱国人士巴什拜培育而成。据说,巴什拜羊是由当地的土种绵羊与野生盘羊杂交,在20世纪40年代前后培育成型。随后半个多世纪的年月中,肥美的巴什拜羊肉健康了北疆几代人的身体,同时也成就了巴什拜羊在新疆草原畜牧业当中的品牌。

2002年,为了适应现代人生活的需求,裕民县与新疆农业大学合作,开始了给巴什拜羊减肥的探索。人们将绵羊父本的任务再次交给了当地野生盘羊。

成年雄性盘羊体重可达140千克,巴什拜种公羊体重一般在90千克左右,两者个体差异很大,因此,通过这种杂交方式进行进一步提纯、复壮、培育,若干年后,巴什拜羊的体型将会明显增大,生长速度将会更快,而肉质也会更好。还有一点非常重要,野生盘羊体内脂肪含量极低,巴什拜羊不仅天生具有抵御严寒的臀脂(大尾巴),体内脂肪也不符合现代人类的饮食要求。通过杂交,巴什拜羊的脂肪含量将会得到明显降低。

这年秋天，相关部门逮了两只野生公盘羊，采其精液，与十几只巴什拜母羊进行了杂交。

混血羊羔

2003年5月，十几只怀孕母羊顺利产下14只健壮的混血羊羔。这些带有50%野生盘羊基因的混血羊羔，出生一个多小时，便显示出了与众不同的一面。

小羊羔双耳前竖，头部类似小马鹿。短密的皮毛，细长的腿，以及灵巧的小尾巴，显然继承了盘羊善于奔驰跳跃的特性。尤为突出的是这些羊羔在羊群当中表现得异常活跃。巴什拜羊羔温良恭顺，一副弱不禁风的样子，杂交羊羔却登高跳跃，窜前跑后，浑身似乎有使不完的力气。

进入夏季，杂交羊羔的生长速度优势也越来越明显，它们比同时降生的巴什拜羊羔体型大了近1/3。正在人们欣喜不已之际，怪事发生了，一些活蹦乱跳的杂交羊突然没了活力，接着开始消瘦，死亡。上级领导得悉杂交羊羔死了好几只，以为工作人员在饲养管理上出了纰漏，险些撤了负责管理杂交羊羔人员的职务。

后来，经过专家解剖研究，原因很快水落石出。导致杂交羊羔死亡的原因是该羊鼻孔宽大，呼吸道明显比巴什拜羊粗。由于杂交羊羔野性太强,在羊群中过于活跃,结果过多吸入羊群践踏起的灰土,以至于罹患矽肺或肺炎而亡。

自然情况下,盘羊尽管属于群居动物,但其密度根本达不到人工饲养羊群的密度,因此,盘羊群迁徙很难形成人工饲养羊群迁徙时出现的滚滚灰土。再者,盘羊生活在高山岩石地带,这一带一般植被较好,空气纯净,即便没有植被覆盖的区域,裸露的也不过是坚硬的岩石,盘羊在上面活动荡不起灰土。

找到了症结所在,办法也有了,人们将这些存活下来的宝贝分群饲养,并将其全部移送至高山夏牧场放养。同时,继续进行杂交,降低一代杂交羊的野性。第二代杂交羊出生后,为了保护这些好动的小家伙,新出生的羊羔再次采取了分群饲养的方法。

若干年前,我曾经在草原上观赏过第二代羊羔和表现,当时,我想拍摄一张图片,一群羊表现得非常不安,人还没有靠近,几只二代杂交公羊羔子竟然一跃而起,踩着其他羊身体,躲到了最里面。技术人员看到这种情景,摇着头说:不行,不行,这些家伙还是野性太强。还得继续杂交,降低野性。

自然进化

世界就是这样奇妙，一个物种在特定的范围发生变异，常常被见怪不怪的人们忽视了。而其一旦具备了稳定的遗传特性，偶然间，有人意识到了这种变化，仔细想一想，人们才发现，一切都变了。

裕民县对巴什拜羊进行着提纯、杂交工作，与之相邻的额敏县草原上的羊群则发生了一种类似自然进化的现象。其中，封闭的哈拉也门乡竟然诞生了一种新羊哈拉也门羊。

哈拉也门地处塔尔吧哈台山与吾日可夏相接处，距离额敏县城70多千米，历史上曾经长期。封闭的地形地貌，使得这里的物种在漫长的进化过程中形成区域性特征。其中，当地牧民赖以生存的主要生产资料——羊，就有着体型小、腿长、善奔驰、皮毛粗厚等适应山地寒冷地区生活的特性。

20世纪50年代，哈拉也门曾引进苏联绵羊，期望改良当地土种羊体型小、产肉率低的缺点。1960年前后，当地开始引进巴什拜羊、阿尔泰羊，继续实施改良工作。实践中，阿尔泰羊不适应当地环境，逐渐被淘汰。巴什拜羊与当地土羊杂交的后代，在这片土地上繁衍壮大起来。

转眼间，几十年过去了，2003年额敏县相关部门在哈拉也门推广巴什拜羊,牧民纷纷反映:现在的羊与过去的羊不一样了,即不是巴什拜羊,也不是以前的土种羊。羊肉特别"压秤",而且肥瘦均匀,肉质极好。我们的羊不需要改良了。

牧民的反映,引起畜牧工作者的注意。通过观察,人们发现哈拉也门的羊已经具有稳定的遗传特征,该种羊毛色以褐白色为主,尾巴呈半圆形,比细毛羊尾巴大,比巴什拜羊尾巴小,公羊角尖而细长,成羊平均体型虽比巴什拜羊小,但产肉率却与巴什拜羊相当。

经过屠宰实验,以及触摸当年生羊羔的躯体,人们终于发现该羊"压秤"的原因,这种羊肌肉发达,瘦肉率明显高于巴什拜羊。

适者生存

2005年,我在乌恰县遇到了一件与巴什拜羊有关的故事。乌恰县是地方优良品种柯尔克孜羊的主产区,该县绝大多数夏牧场均在海拔3000米以上的高原,且植被稀疏。我曾经感慨的对当地畜牧工作者说:看一眼草场,我甚至可以数清一平方米有几棵牧草。

柯尔克孜羊体型小,产肉率低,为了改变这种现状,乌恰县曾经引进巴什拜羊、阿尔泰羊进行杂交改良实验,结果,不到一个星期,这两种驰骋北疆草原的品种羊却病了。一个多月之后,这些引进的种公羊竟然病弱而亡。专家对死羊进行了解剖,找到了症结所在。北疆牧区草场植被茂盛,这两种羊养成了大口吃草的习惯,来到高原,这些羊依然故我。殊不知,高原植被稀疏,牧草茎叶低矮、坚硬,习惯了大快朵颐的巴什拜羊和阿勒泰羊,口唇及舌头很快就发生了磨损、开裂,最终导致无法正常采食,以致死亡。

这种情况让我想起英国博物学家,进化论的奠基人达尔文。达尔文曾以博物学家的身份乘船作历时5年的环球旅行,这次经历形成了达尔文生物进化的概念。1859年出版震动当时学术界的《物种起源》一书,提出以自然选择为基础的进化学说,说明了物种是可变的,对生物适应性也作了正确的解说,从而摧毁了各种唯心的神造论、目的论和物种不变论,成为生物学史上的一个转折点。

达尔文的进化论思想深刻地影响着人类的走向。《物种起源》一书出版后,生物普遍进化的思想以及"物竞天择,适者生存"的进化机制已成为学术界、思想界的公论。

裕民县巴什拜羊种羊基地建设办公室主任冯训勇介绍,当地对巴什拜羊的改良并不是要完全改变已经拥有稳定遗传特性的老品种,而是在进行巴什拜羊新品系的探索。这是一种适宜现代低脂肪需求的羊,目的是将巴什拜羊的臀脂,也就是大尾巴降下来。其中也存在一些不容忽视的问题，如臀脂是巴什拜羊储存能量，抵御冬季寒冷的"营养库"，彻底消除巴什拜羊的臀脂,在技术层面不存在问题,但是,这种改良必须得考虑羊群冬季天然放牧的问题。

基于此,冯训勇认为未来的杂交羊应该属于小尾,瘦肉型巴什拜羊,它属于巴什拜羊中的一个新品系。目前,该种羊基地已经繁育2000多只第四代杂交羊, 其臀脂比未杂交巴什拜羊平均较少1千克以上,瘦肉率也有明显提高。